미래의 자리

# 미래의 자리

초판 1쇄 발행 / 2024년 8월 28일
초판 2쇄 발행 / 2024년 11월 1일

지은이 / 문진영
펴낸이 / 염종선
책임편집 / 오윤
조판 / 박지현
펴낸곳 / (주)창비
등록 / 1986년 8월 5일 제85호
주소 / 10881 경기도 파주시 회동길 184
전화 / 031-955-3333
팩시밀리 / 영업 031-955-3399 편집 031-955-3400
홈페이지 / www.changbi.com
전자우편 / lit@changbi.com

ⓒ 문진영 2024
ISBN 978-89-364-3958-3 03810

# 미래의 자리

문진영 소설

차례

나도 모를 아픔을 오래 참다 처음으로 이곳에 찾아왔다. 그러나 나의 늙은 의사는 젊은이의 병을 모른다. 나한테는 병이 없다고 한다. 이 지나친 시련, 이 지나친 피로, 나는 성내서는 안 된다.

———윤동주 「병원」

0 　미
　　래

이상한 꿈을 꿨어.

미래가 말한다.

배경은 어느 작은 마을. 어떤 나라에도, 어떤 행정구역
에도 속하지 않은 곳이야. 거기 사는 사람들은 머리카락,
피부, 눈동자 색이 모두 제각각이었지. 그 마을에서는 단
한번도 싸움이 일어난 적 없었대.

어떻게 그럴 수가 있어?

지혜가 끼어든다.

꿈이라니까.

들어봐, 하고 미래는 계속해서 말한다.

그러던 어느 날, 갑자기 마을에 이상한 전염병이 돌기 시작한 거야. 증상이 뭐냐면, 몸이 조금씩, 조금씩 투명해져. 천천히 투명해지다가 결국에는 커다란 공기방울이 되어서는, 스르르 공기 중으로 사라지는 거야.

그럼 도대체 원인이 뭐냐? 그걸 아무도 몰라. 사라진 누군가가 스며든 공기를 들이마시면 그 병에 걸리는 거라고 사람들은 추정했어. 근데 확신할 수는 없는 거지. 왜냐면, 어떤 사람한테는 아무 일도 일어나지 않으니까. 어째서 같은 공기를 마시고도 누구는 사라지고, 누구한텐 아무 일도 없는지. 원인을 모르면 더 무서운 법이잖아. 그래서 사람들이 숨 쉬는 것 자체를 두려워하기 시작한 거야.

화기애애하던 마을이 순식간에 차갑게 식었어. 사람들은 밖에 나가지도 않고, 아무도 만나지 않기 시작했어.

넌? 너도 무서웠어?

글쎄. 사실 난 잘 실감이 안 났어. 그러다가……

꿈속에서, 내가 정말 사랑하는 친구가 하나 있었거든. 얼마나 사랑했냐면, 그애 대신 죽을 수도 있을 정도로. 그 정도,라고 생각만 한 게 아니라 정말로 그럴 수 있을 정도로. 근데 있지, 대신 죽을 수도 있을 만큼 누군가를 사랑한다는 건 참 슬픈 일이야. 왜냐면 그건 그렇게 하고 싶다는 마음만으로는 안 되는 일이잖아. 그 친구도 병에 걸리고 말았거든. 근데 내가 할 수 있는 게 하나도 없는 거야. 친구는 매일매일 조금씩 더 투명해졌지. 나는 그애를 잃어버릴 게 슬퍼서 자꾸 울었어.

근데 어느 날 그애가 나한테 그러는 거야.

*저기, 부탁이 있는데. 울지 않아주면 안 될까?*

*네가 울면 나도 슬퍼지는데, 눈물을 흘리면 더 빨리 투명해지는 것 같거든.*

그래서 나는 울지 않기로 해. 대신 친구랑 함께 여기저기 다니면서 아름다운 것들을 더 많이 보기로 해. 그리고 우리는 진짜로 그렇게 했어. 바깥은 너무 조용해서, 세상에 우리밖에 없는 것 같았어.

나는 그애가 너무 평온해 보여서 놀랐어.

두렵지 않아?

내가 물어봤어. 그러니까 친구가 이렇게 말하는 거야.

*처음에는 무서웠어. 그런데 생각했던 것보다는 괜찮아. 몸이 점점 가벼워져서, 걸어다니는 게 꼭 날아다니는 것 같거든.*

*바람이 몸을 통과할 땐 바람의 기분이 느껴져.*

*햇살이 비출 때는 여기, 배 속 깊은 곳까지 따뜻해. 따뜻한 수프를 마신 것처럼.*

미래는 계속해서 말한다.

그날은 굉장히 맑은 날이었어. 우리는 우리가 제일 좋아하는 커다란 나무 밑에 나란히 앉아 있었지. 해가 서서히 저물고 있었고, 부드럽고 선선한 바람이 불었어.

나는 그애가 마침내 완전히 투명해져서 커다란 공기방울이 되는 걸 지켜봤어.

그애가 *안녕*,이라고 말했는데 거의 속삭이는 것처럼 들렸어.

마지막 숨을 내쉬는 동시에 그애는 공기 중으로 스며들었지. 비눗방울 터지듯이 뽕 사라진 게 아니라, 그나마 남아 있던 희미한 윤곽이 그냥 빛 속으로 스르륵, 하고 스며든 거야.

나는 그제야 조금 울었어. 슬픈 건 아니었어. 그 장면이…… 너무 아름다웠거든. 그애가 죽은 게 아니라, 그저 다른 형태로 바뀌었을 뿐이라는 생각이 들었던 거야.

너는, 너는 어떻게 됐어?

지해가 묻는다.


나? 글쎄……


미래는 말한다.


꿈에서 깨버렸어.

2017.01.15. 21:37


눈 한번 깜빡일 때마다 달라져 있다.

나는 분명히 안다.

좀 전에 본 햇빛을 다시 볼 수 없으리란 걸.

내일보다 오늘을 살고 싶다. 지금 이 순간을.

이 빛을 아름답다고 느끼면서.

1 | 지
해

오늘의 메뉴는 미역국, 깍두기, 그리고 어묵무침. 돼지불고기와 감자채전은 매진이었다.

불고기가 조금 남아 있었으면 하고 바랐지만 크게 아쉽지는 않았다. 젓가락으로 국에서 미역을 건져 막 입에 넣는 지해를 향해, 맞은편에 앉아 있던 매미 아주머니가 다짜고짜 핀잔하듯 말했다.

아, 밥을 국에 말아가지고 숟가락으로 팍팍 좀 떠먹어. 그냥 깨작, 깨작.

맴, 맴. 매미 아주머니는 시종일관 말이 많았다.

지해는 당황해서 멋쩍게 웃다가 옆 테이블에서 밥을 먹

던 용이씨와 눈이 마주쳤다. 지해는 재빨리 눈길을 돌리고 조그만 목소리로 말했다.

원래 많이 못 먹어요.

위가 삼각김밥만큼 작아져서요, 그렇게 덧붙이는 대신 속으로 생각만 했다.

하여간 요즘 언니들은 하나같이 빼빼 말라가지고선. 뺄 것도 없으면서 다이어트한다고 사서 고생을 해요.

매미 아주머니는 그렇게 말하고 동의를 구하듯이 나무 아주머니를 쳐다보았다.

신경 쓰지 마요. 부러워서 그래.

나무 아주머니는 매미 아주머니 쪽에는 눈길을 주지 않은 채 지해에게 말했다. 그러자 매미 아주머니는 그건 맞다, 하고 깔깔 웃으며 손바닥으로 나무 아주머니의 오른 팔뚝을 철썩 소리가 나게 때렸다. 그 소리에 용이씨와 마주 보고 앉아 밥을 먹던 사장님까지 고개를 돌려 이쪽을 쳐다보았다. 꽤 아플 것 같았지만 나무 아주머니는 미동도 없었다.

살은 지가 쪄놓고 남한테 먹으라 마라야, 나무 아주머

니가 한마디 더 하자 매미 아주머니는 나무 아주머니의 팔뚝을 한대 더 때렸고, 그 바람에 입으로 가져가려던 나무 아주머니의 국 한숟가락이 식판 위에 사방팔방 쏟아져 버렸다. 나무 아주머니가 역정을 내고, 매미 아주머니는 더 크게 웃고. 그 모습이 무슨 개그 듀오 같아서 지해도 웃어버렸다. 지해는 대각선으로 한자리 건너앉은 용이씨의 눈매가 둥그렇게 휘어지는 것을 힐끔 보았다.

고목나무에 매미.

아주머니들의 이름을 모르는 지해는 두 사람을 속으로 그렇게 불렀다. 그들이 여기서 얼마나 오래 일했는지, 일하기 전부터 서로 알던 사이였는지 그런 건 모르지만 두 사람은 퍽 가까워 보였다. 어디에서건 그 둘이 그렇게 함께 있다면 지해는 그들을 한눈에 알아볼 수 있을 것 같았다.

두 사람을 볼 때면 지해의 머릿속에는 '나란하다'라는 단어가 떠올랐다. 주방 조리대 앞에 나란히 선 채로 티격태격하는 두 사람. 지해 앞에 나란히 앉아 밥을 먹고 떠드는 두 사람. 본 적은 없지만 그들이 나란히 퇴근하는 모습,

어딘가에서 그 나란함을 멈추고 내일 봐, 인사하며 손 흔드는 모습도 상상할 수 있었다.

오래전에 지해와 자람도 그렇게 불렸다. '고목나무에 매미'라고. 초등학생 때 지해는 이미 지금의 키만큼 자라 있었고, 자람은 키 순서대로 줄을 서면 항상 맨 앞자리였다. 하필 성이 '안'씨여서 자람은 이름이 곧 별명이었다.

안자람.

자라지 않음.

그랬던 자람은 중학교에 입학한 후 2년 동안 종아리 피부가 틀 정도로 한꺼번에 자라버렸다. 자라지 않고는 못 배기겠다는 듯이.

자람의 키가 자랄 때마다 두 사람 사이의 거리도 조금씩 멀어지는 느낌이었다. 지해에게 자람은 언제나 시커먼 첼로 가방에 짓눌린 꼬꼬마였는데, 언제부턴가 지해보다 키가 한뼘 가까이 큰, 자가용을 끌고 다니는 어른이 되어 있었다.

그럼에도 불구하고 지해에게는 여전히 자람이 가장 가

까운 사람이었다. 모든 걸 보여줄 순 없어도, 가장 많은 걸 보여줄 수 있는 사람. 그런 확신이 지해에게는 있었는데 자신도 자람에게 같은 안심을 주고 있는지 알 수 없어 지해는 가끔 불안했다.

지해가 이곳에서 일을 시작한 지도 반년 가까이 되었다. 점심시간에만 운영하는 무한리필 한식뷔페. 구천원에 배가 두둑하게 먹을 수 있으니 근처 직장인들이 모두 몰려왔다. 지해는 오전 11시부터 오후 3시까지 일했다. 주 업무는 설거지였지만 바쁠 때는 부족한 반찬을 가져다 채우거나 손님이 난 자리를 치우고, 쉽게 더러워지는 음식통 주변을 닦기도 했다.

사모님은 종일 어딘가 귀찮다는 듯한 얼굴로 카운터를 봤고, 사장님은 주로 텔레비전을 봤다. 모든 진두지휘는 매미 아주머니가 했다.

오후 1시가 넘어가면 손님이 거의 다 빠졌고, 홀이 완전히 비고 나면 남은 반찬으로 사모님을 제외한 직원들이 모두 함께 점심을 먹었다. 사모님은 여전히 카운터에 앉아 오늘의 매출을 정산하고 있었다. 지해는 어째서인지 그녀의 나른한 표정이 결코 이쪽에 섞이지 않겠다는 강한 의지처럼 느껴졌다. 길게 놓인 4인용 테이블 중 하나를 용이씨와 사장님이 차지했고, 아주머니들과 지해가 한테이블에 앉았다.

처음에 지해는 아주머니들을 아주머니라고 불렀다가 '아주머니가 뭐냐'는 핀잔을 들었다. 모두에게 각각 '큰이모' '작은이모'라고 불리는 아주머니들은 정작 지해를 내키는 대로 '언니' 또는 '아가씨'라고 불렀다.

사장님 부부는 지해를 '지해씨'라고 불렀고 지해는 그들을 '사장님' '사모님'이라고 불렀다. 함께 일하는 이들 중 지해가 이름을 알고 있는 사람은 단 한 사람, 용이씨뿐이었다.

성은 몰랐다. 이름이 정확히 '용이'인지 외자로 '용'인지도 몰랐다. 다들 용이씨, 용이씨 부르기 때문에 그렇게 알고 있을 뿐이었다. 지해가 용이씨의 이름을 부를 일은 딱히 없었고, 용이씨 역시 지해의 이름을 부르지 않았다. 용이씨는 다른 사람들도 거의 부르지 않았다. 누가 뭘 부탁하면 고개를 끄덕하고 그 일을 하거나, 아니면 그저 묵묵히 자기 할 일을 할 뿐이었다. 주로 힘을 쓰는 일들을.

그럼에도 불구하고 무뚝뚝하거나 거칠다는 느낌은 들지 않았는데, 어째선지 항상 희미하게 웃고 있는 것처럼 보였기 때문이다. 그러니까 눈으로 웃는 사람들만 가질 수 있는 그 다정한 주름살 때문에. 아주머니들은 항상 용이씨를 칭찬했다. 젊은 사람이 성실하고 싹싹하다고. 지해는 한번도 들어보지 못한 말이었다.


용이씨는 금세 밥을 다 먹고 자리에서 일어났다. 식사를 마치기까지 채 5분이 안 걸린 것 같았다. 그는 어느새 국이 담겨 있던 커다란 스테인리스 용기를 주방으로 옮기고 있었다.

젊은 용이씨는 얼마나 젊은 걸까?

인상만으로는 나이를 가늠하기 어려웠다. 어떤 때는 지해보다 더 어릴지도 모른다는 생각이 들었다. 거대한 양파망을 한쪽 어깨에 거뜬히 짊어지고 흔들림 없이 돌아설 때나 유리병 음료가 담긴 묵직한 플라스틱 컨테이너 서너개를 한꺼번에 들어올릴 때면.

또 어떤 때는 지해보다 훨씬 연상처럼 느껴졌는데, 깊게 잡힌 눈가 주름 때문만은 아니었다. 용이씨는 이곳에서 일한 지 3년 정도 되었다고 했지만, 지해에게는 30년쯤 일한 것처럼 보여서였다. 동작 하나하나가 군더더기 없었다. 자신이 해야 할 일이 무엇인지, 그것을 어떻게 해야 하는지 정확히 알고 있는 사람 같았다.

지해는 아르바이트를 처음 시작했을 무렵부터 일머리가 없다는 얘기를 자주 들었다. 무엇을 해야 할지 몰라 누가 시키기 전까지 멍하니 있다가 핀잔을 듣곤 했다. 그래도 주어진 일은 열심히 했는데, 그러면 또 융통성이 없다는 소리를 들었다. 동료들과 어울리지 않는다고 사회성이 없다는 소리를, 견딜 만큼 견디다 그만둘 때는 끈기가 없다는 소리를 들었다.

이곳에서는 지금까지 그중 어떤 말도 듣지 않았다. 뭘 해야 할지 모르겠을 땐 묵묵히 설거지를 하면 되었고, 그게 좋았다.

점심식사를 마치고 나면 그전까지 닦고 있던 식판들을

마저 닦았다. 물기가 어느 정도 빠지면, 물자국이 남아 지저분해 보이지 않도록 마른행주로 다시 한번 닦은 뒤 살균기에 넣었다. 반찬과 국이 담겨 있던 커다란 스테인리스 용기들은 용이씨가 주방 바닥에 설치된 호스를 이용해 세척했다. 설거지를 다 마치고도 시간이 남으면 아주머니들의 옆에 앉아 식재료 다듬는 일을 도왔다.

\*

지해는 대학에 입학한 후로 아르바이트를 쉰 적이 거의 없었다. 엄마가 입학 선물이라며 첫 학기 등록금을 내주었지만 두번째 학기부터는 학자금 대출을 받아야 했다. 장학금을 받기 위해 분투했으나 쉽지 않았다.

대학에 입학하기 전까지는 단 한번도 가난하다고 느껴본 적이 없었다. 넉넉한 살림까지는 아니었어도 친구들과 떡볶이를 먹고 싶으면 사먹을 수 있는 돈이 주머니에 있었고, 필요한 참고서나 준비물을 사지 못한 적도 없었다.

친구들이 하나둘씩 스마트폰을 사기 시작할 때 지해는

폴더폰으로 만족했다. 학원에 다니거나 과외를 하지 않고
도 성적은 중위권을 유지했다.

가질 수 없는 것에 욕심내지 않았다.

욕심내지 않으면, 부족하지 않았다.

친구들이 맛없다며 질색하는 학생식당도 지해는 만족
스러웠다. 화장도 하지 않았고, 술 마시는 걸 즐기지도 않
았다. 2학년 때까지는 기숙사에서 생활했으므로 주말에
편의점에서 아르바이트를 하는 것만으로도 충분했다.

기숙사 추첨에서 떨어진 뒤, 지해는 집으로 돌아갈지
방을 구해 자취를 시작할지 고민했다. 엄마와 함께 살던
집에서 통학하는 게 불가능한 일은 아니었으나 그럼에도
집으로 돌아가고 싶지 않아서였다. 당시의 지해는 그것이
일종의 퇴보라고 생각했다.

하지만 월세 보증금으로 쓸 만한 목돈이 없었다. 휴학
을 하고 일을 더 많이 할까, 얼마간이라도 대출을 받을 수
있을까 고민하고 있을 때 엄마가 천만원을 송금해 왔다.
아빠가 그동안 보내온 양육비 일부를 모아둔 거라고 했
다. 더 많이 주지 못해 미안하다면서. 그러고선 갑자기 무

언가 의아한 듯 수화기 너머로 지해에게 물었다.

난 이렇게 열심히 사는데 왜 돈이 없을까?

그건 지해가 하고 싶은 질문이었다.

쓰는 것도 열심히 하니까 그렇지.

지해가 대답하자 엄마는 그렇군, 정말 그러네, 하고 동의했다.

이혼 후 재산을 정리해 마련한 엄마의 가게는 행궁동 공방거리 중심부에 있었는데, 주로 엄마가 만든 각종 공예품을 팔았다. 가게 벽은 엄마가 직접 그리고 쓴 캘리그래피 액자로 가득했고, 테이블과 선반은 각종 도자기 소품들과 도기 화분에 담긴 다육식물들로 넘쳐났다. 엄마는 그밖에도 천연 염색한 천으로 만든 손수건과 자수를 놓은 가방, 뜨개질로 만든 소품과 각종 액세서리에 최근에는 꽃차까지 만들어 팔기 시작했다. 문제는 엄마가 끊임없이 만들어내는 것들과 사람들이 갖고 싶어하는 것 사이의 간극이었다.

엄마의 가게와 마찬가지로 집도 항상 곧 터질 듯 포화 상태였다. 엄마는 요즘 식물을 기르는 데 심취해 있는 듯

했다. 묘목과 구근, 씨앗 들을 들여왔고, 그것들을 키우는 데는 또 여러 종류의 화분과 흙, 영양제, 그리고 각종 도구가 필요했다. 엄마는 심지어 어디 조그만 땅이라도 빌릴 수 없을까 고민하고 있었다.

엄마는 많은 것들을 꾸준히, 열심히 사랑했다.
뭔가를 사랑하는 데는 돈이 필요하다.

엄마는 또랑이를 치료하는 데 천만원 가까이 썼지만 또랑이는 결국 죽었다. 목돈을 빌려간 이모는 언제부턴가 엄마의 전화를 받지 않았다. 엄마는 사랑이란 아무리 퍼주어도 모자라지 않은 거라고 했는데, 사랑하는 데 필요한 돈은 어디선가 펑펑 솟아나는 게 아니라는 것이 맹점이었다.

그동안 지혜를 키우는 데도 많은 돈이 들었을 것이었다. 지금까지 받은 것만도 다 갚기는 요원해 보였으므로, 지혜는 엄마가 자신에게 더는 어떤 비용도 쓰지 않았으면 했다.

엄마는 항상 지해에게 엄마처럼 좋아하는 일을 하고, 연애도 하고, 스스로를 사랑하면서 행복하게 살라고 했다. 하지만 자기 자신을 사랑하는 데에도 당연히 돈이 든다. 자신에게 좋은 것을 먹이고, 지붕 있는 어딘가에 눕히고, 아플 때 병원에 데려가려면.

지해는 뭔가를 사랑하는 것도, 사랑받는 것도 모두 버겁게 느껴졌다.

*

옆구리가 따뜻하다.

어깨에 멘 캔버스백 안에, 아직 완전히 식지 않은 어묵볶음이 비닐 팩에 담긴 채 들어 있었다. 남은 반찬에 대한 모든 권한을 가지고 있는 매미 아주머니는 항상 지해에게 이것저것 두둑하게 챙겨주었다. 팍팍 먹고 팍팍 살찌라는 다정한 저주를 덧붙이면서.

지해는 요즘 주말이면 일주일치 밥을 해서 작은 통에 소분해 냉동해놓았다. 반찬이 있으면 밥을 꺼내 데워 먹었다. 그것만으로도 지해는 스스로가 장했다. 반찬통 뚜껑을 여는 일조차 힘겨워서 식사를 포기하던 때가 있었으니까. 엄마가 애써 만들어 보낸 반찬에 곰팡이가 피어나도록 내버려두면 죄책감이 들었다.

자취를 시작할 무렵부터 엄마는 하루건너 전화를 걸어 지해에게 별일 없는지, 밥은 잘 먹고 있는지 물었다. 숙제를 검사받는 느낌이 들었다. 별일이 없어도 너무 없었는데 별일 없냐고 묻는 질문은, 대체 어떻게 살기에 그렇게 별일이 없느냐고 묻는 것 같았다.

알아서 죽지 않을 만큼 먹고 있으니까 물어보지 말라고 했다. 반찬 해서 보내지도 말라고 했다.

밥 먹었냐고, 별일 없냐고 묻지 않기.

힘내라고, 다 잘될 거라고 말하지 않기.

엄마에게 금지해버린 것들이 많았다. 그런데도 엄마는 굴하지 않고 금지어를 요리조리 피해 지해의 안부를 확인하곤 했다. 오늘은 다정하게 굴어야지, 짜증 내지 말아야지 다짐을 해도 이상하게 번번이 엄마에게 성질을 부렸다. 그러면서도 한편으로는 엄마가 정말로 마음이 상해

다시는 전화하지 않을까봐 걱정했다.

오늘 아침에도 엄마가 전화해서 미역국은…… 하고 물으려다가 관뒀다는 것을 지혜는 알았다.

저녁때 집에 와. 맛있는 것 먹자.

엄마가 말했다.

이따 자람이 온다 그랬어.

그래?

엄마는 그거 잘됐네, 하고 말하면서도 못내 아쉬운 듯 조만간 한번 오라고 했다. 내일, 아니면 모레. 아니면 주말에라도.


가방에서 휴대폰을 꺼내자 메시지가 몇개 와 있었다.

──자람이랑 맛있는 거 먹으라고 십만원 보내뒀어. 엄마.

──이따 몇시까지 갈까? 자람.

엄마, 근데 신기하게도 아까 미역국을 먹었어. 엄마한테 그렇게 답신을 보낼까 잠시 생각하다가 그만두었다. 대신 자람에게 일곱시쯤 오면 좋겠다고 보낸 뒤 무선 이어폰을 꺼내 귀에 꽂았다. 새 일터에서 첫 월급을 받은 후

중고 마켓을 통해 산 것이었다. 이어폰을 낀 채로 천천히 걷다보면, 세상에 속해 있지만 동시에 아득히 멀리 떨어져 있는 느낌이 들었다.

도서관을 향해 천천히 걸었다. 미지근한 바람이 지해의 몸을 스치고 지나갔다. 친구들과 이유 없이 만나 몇시간씩 떠들고도 헤어진 후에 또 수백개의 메시지를 주고받던 날들. 시시콜콜한 연애사를 공유하고, 별것도 아닌 일로 호들갑 떨며 웃고 울던 날들이 꿈처럼 낯설게 느껴졌다.

모두 호수 위로 떨어져내린 나뭇잎 같았다.

이렇게 부드럽고 가벼운 바람인데 떨어져버렸어.

물결을 따라 서로 다른 방향으로 조금씩 조금씩 멀어진다. 어디로 가는지도 모른 채 떠밀려간다. 멀어지는 게 안타깝지만 달리 할 수 있는 게 없다는 느낌.


도서관에 도착해 건물 안에 있는 작은 카페에서 커피를 한잔 주문했다. 테이크아웃을 하면 아메리카노가 이천원이고, 텀블러를 가져오면 삼백원을 더 깎아줘서 곧잘 들르는 곳이었다.

도서관 마당 한구석에 있는 벤치에 앉아 텀블러에 담긴 커피를 홀짝이며 어제 읽던 책을 마저 읽었다. 책을 읽는 다면서 실은 앞쪽 놀이터를 보았다. 그네 할머니는 오늘도 그네를 타고 있었다.

주말이면 온 동네 부모와 아이들이 죄다 모여드는 것 같은 이곳 놀이터는 평일 낮에는 거짓말처럼 한산했다. 그리고 어김없이 저 할머니가 있었다. 작고 흰 푸들 한마리를 한 손으로 꼭 끌어안은 채 고요히 그네를 타는 할머니.

할머니도 강아지도 특별히 즐거워 보이지는 않는다. 별다른 표정 없이, 그러나 공허해 보이지는 않는 얼굴로, 그러니까 모든 게 아무렇지 않다는 얼굴로 그네를 타고 있다.

느리지도 빠르지도 않은 속도로.

규칙적인 리듬으로.

지해는 그 모습을 멀리서 지켜보는 게 좋았다. 자신이 단지 이 장면을 보기 위해 매일 이곳에 도착하는 건지도 모르겠다고 생각했다.

*

책상 앞에 앉아 심호흡을 한다.

한문장만 나아가자, 생각한다.


지금 작업 중인 소설의 주인공은 매일 반복되는 하루에 갇힌 열일곱살 여자애다. 그애는 그 반복이 왜 시작되었는지, 어떻게 하면 거기서 빠져나올 수 있는지 모른다.

왜 이런 이야기를 쓰기 시작한 건지 지해 자신도 몰랐다. 어느 날인가, 그게 벌써 언제였지, 문득 홀린 것처럼 첫머리를 쓰기 시작했다.

여름방학. 늦잠을 자고 일어난 여자애. 집 안은 쥐 죽은 듯 고요하다.

평소와 다를 게 없는 장면이지만 그애는 알고 있다. 오늘이 어제 살아본 오늘이라는 걸.

영화나 드라마에서 몇번이나 본 것 같은 식상한 소재. 주인공은 그 반복에서 빠져나올 방법을 찾기 위해 애쓰며 이런저런 시도를 하고, 다양한 시련을 겪은 끝에 마침내 탈출에 성공한다. 그리고 일상의 소중함이나 곁에 있는 사람의 소중함, 그런 것을 깨달으며 한 뼘 성장.

모든 서사는 성장 서사라는 말을 어디선가 들었다.

성장.

지해는 그 단어에 왠지 모를 저항감을 느꼈다.


지해의 소설 속 여자애는 지루해하고 있다. 누군가에게 이 상황을 말하는 것도 소용없다는 생각을 하고 있다. 일탈? 어딘가로 멀리멀리 떠나볼까. 은행을 털어볼까. 별로 재밌을 것 같지 않고 귀찮기만 하다. 어차피 세상은 아무 일도 없었다는 듯 어제와 똑같을 텐데.

마침내 그애는 죽음을 생각한다.

여자애는 베란다로 나가 난간에 몸을 기대고 아래를 내려다본다. 모두 어디로 간 걸까. 놀이터는 텅 비어 있다. 그애는 생각한다. 컴퓨터가 먹통이 되면 강제 종료 버튼을 누르듯이, 내가 죽으면 먹통이었던 하루가 리셋되고 비로소 내일이 오는 건 아닐까?

근데 만약 리셋도 안 되고, 끝나지도 않는다면?

다음 날 아침 아무 일 없었던 것처럼 또 눈을 뜬다면.

리셋은 되었는데 내가 없다면. 정말로, 진짜로 그게 끝이라면.

난 아직 한번도 제대로 살아보지 못했는데.

어떤 선택도 할 수 없다. 그러니 주인공은 앞으로 나아갈 수 없다. 이런 건 소설이 아니다. 지해도 알고 있다. 이야기는 지해에게 이제 그만 앞으로 나아가라고, 제발 끝내달라고 채근했다. 네가 만들어낸 그 여자애를 그만 좀 괴롭히라고.

언젠가, 어떤 식으로든 이 원고를 완성한다고 치자. 하지만 그걸 누가 읽지? 아무에게도 읽히지 않을 이야기를 쓰는 게 어떤 의미가 있을까. 내게는 의미가 있나.


지난번 만났을 때, 맥주를 두캔 정도 들이켜고 알딸딸해진 사람이 지해에게 말했다.

그러지 말고 그냥 눈 딱 감고 웹소설을 써봐. 필명 근사한 걸로 하나 지어서. 나중에 대박 나면 너 문전박대했던 출판사들이 제발 자기네한테서 책 좀 내주십쇼 할걸?

참고로 자람은 일년에 책을 한권도 읽지 않는다고 했다.

나도 써보려고 한 적 있어. 근데 못 쓰겠더라고.

지해가 말했다.

왜?

상상력이 부족한가봐.

그럼 넌 뭘 쓰는데?

자람이 물었다. 정말로 궁금한 얼굴을 하고선. 지해는 대답 대신 맥주만 벌컥벌컥 마셨다.


그러게, 난 뭘 쓰고 있나.

소설을 쓰고 있었던 것 같은데 이제는 그게 무엇이 되었는지 모르겠다.


광활한 사막에 혼자 서 있는 것 같은 느낌.

모래 대신 문장들이다. 누군가가 만든 문장들과 자신이 만든 문장들이 커다란 모래언덕을 만들었다. 태양이 모든 습기를 말려버린다.

지해는 자신이 쓸데없이 덩치만 커다란 선인장처럼 느

껴졌다. 최소한의 생을 부지하며, 그저 우두커니 서 있기
만 하는.

2015. 3. 25. 02:45


내 삶에도 남의 삶에도 한낱 구경꾼.

자
람

금옥이가 최근 들어 자주 골골대는 듯하다.

이번에는 운전석 안전벨트가 풀린 채로 다시 감기지 않았다. 직접 고칠 수 있을까 싶어 자람은 인터넷 여기저기를 뒤져봤다. 내장재를 뜯어냈다가 도로 붙여야 하는 작업이어서 생각처럼 간단하지는 않았다.

결국 자람은 출근길에 벨트를 헐렁하게 늘어뜨린 채 금옥이를 몰고 단골 정비소로 향했다. 이번이 두번째 방문이긴 했지만, 그래도 미래형으로 단골이었다. 지난해 겨울 갑자기 조수석 쪽 창문이 닫히지 않아 급히 찾아왔던 곳. 그날 사장님은 자람이 요청하지 않았는데도 타이어까지 뜯어내고 한참을 여기저기 꼼꼼히 들여다보더니 말했다.

브레이크 패드 교체하셨네요?

……네, 작년 가을에 오일 갈면서 같이 했어요.

혹시 직접 하셨어요?

사장님이 다시 물었고 자람은 어물쩍 고개를 끄덕였다. 그러자 사장님은 척, 하고 엄지를 들어 보이더니, 디스크 자체가 꽤 많이 녹슬어 갈아야 할 상태인데 패드만 반짝반짝 새것이라서 물어봤다고 했다.

작년 가을, 주말 전체를 거의 다 쓰다시피 해서 끙끙대며 브레이킹 패드와 오일을 교체했다. 유튜브 영상을 보면서 차근차근 꼼꼼히 해냈던 기억. 꽤 성취감이 있었다. 미처 알아채지 못한 실수 때문에 달리는 중에 바퀴가 날아가는 건 아닐까, 제동이 안 되는 건 아닐까 불안하기도 했지만 아직까진 무사했다.

차가 생긴 후 자람에게는 유튜브로 자동차 관련 영상을 찾아보는 취미가 생겼다. 그러면서 차체 코팅, 엔진오일 교체, 타이어 교체 등 자람이 직접 할 수 있는 것들을 하나둘씩 해보기 시작했다. 단지 비용을 아끼기 위해서가 아니었다. 금옥이를 알아가고, 돌보고, 만지는 느낌이 좋았다.

전에 몇차례 다녔던 정비소의 직원은 자람이 직접 손본 부분에 대해 눈살을 찌푸리며 무엇을 잘못했다는 둥, 전문가에게 맡기지 않으면 사고가 날 수도 있다는 둥 겁을 주었다. 하지만 이곳의 사장님은 자신은 차에 대해 공부하는 차주들이 좋다며, 금옥이를 앞으로 10년은 더 탈 수 있겠다고 말해주었다. 그때 자람은 이곳의 단골이 되리라 다짐했다.


오래전 자람의 집에도 승용차가 한대 있었다. 물론 모두 함께 그 차를 타고 외식을 하러 가거나 나들이를 하러 가거나 했던 기억은, 글쎄, 잘 떠오르지 않았다.

그건 일하는 지역이 자주 바뀌었던 아버지가 통근용으로 쓰던 차였다. 건설 현장을 여기저기 옮겨다니며 지게차나 포클레인 같은 중장비를 몰던 아버지는 사고 후로는 어떤 종류의 운전대도 잡지 않았다. 운전할 사람이 없었으므로 차는 중고로 팔아버렸고, 이후로는 자람의 가족에게 자가용이라는 건 없었다.

그런데 몇년 전, 갑자기 대학 동기 중 하나가 단톡방에서 아버지가 몰던 차를 공짜로 가져갈 사람이 없느냐고 물었다. 아버지에게 새 차를 사드렸다는 자랑을 더해.

연식은 오래되었지만 근검절약이 몸에 밴 아버지가 아껴 타서서 상태는 좋다고 했다. 자람은 면허도 없으면서 재빨리 손을 들었고, 그 차는 자람의 차지가 되었다. 나중에야 단톡방 멤버 중 자람 외에는 그 02년식 아반떼를 탐냈을 사람이 한명도 없었을 거란 생각이 들었고, 조금 부끄러웠다.

어쨌든 금옥이를 처음 봤을 때 자람은 예상보다 훨씬 더 깔끔한 외관에 놀랐다. 까맣고 윤기 나는 몸체에 크게 눈에 띄는 흠집도 없었다. 오랫동안 잘 보살핌을 받았다는 느낌. '금지옥엽'을 줄여 금옥이였다.

자람이 사는 빌라의 주차장은 한집당 한자리씩 쓸 수 있게 되어 있었는데, 자람의 가족은 이제껏 그 자리를 다른 사람들이 맘대로 쓰도록 내버려두었다. 원래 차지했어야 할 자리에 당당히 금옥이를 세워둔 채로, 자람은 그제야 면허 시험 준비를 했다. 도로주행에서 두번이나 떨어졌지만 의지가 약해지지는 않았다.

자람은 금옥이를 살뜰히 보살폈다. 어느 블로그에서 관리만 잘하면 연식이나 주행거리는 크게 문제가 되지 않는다는 글을 읽었다. 그때부터 자람은 차의 구조를 공부하고, 부품의 명칭을 외우고, 무엇을 얼마의 주기로 교체해야 하는지 스케줄러에 꼼꼼히 기록해두기 시작했다.

도서관 지하 주차장에 금옥이를 세웠다. 안전벨트가 아주 부드럽게 감겼다. 자람은 건물 안으로 들어가 엘리베이터를 기다렸다. 적어도 삼십분 전에는 도착해 수업을 준비해야 했는데 오늘은 십분밖에 여유가 없었다. 수요일 저녁에 같은 교실을 쓰는 통기타반이 과자 부스러기 따위를 잔뜩 흘려놓고 가기 일쑤였다. 교실을 깔끔하게 관리하는 것도 강사의 몫이었다. 자람은 매번 담당 직원에게 이를까 말까 망설이다가 그냥 넘어가곤 했다.

자람은 도서관에 속한 평생교육원에서 목요일 오전 열한시부터 두시간씩 두차례의 첼로 수업을 했다. 앞 수업은 입문자를 위한 것이었고 다음 수업은 초중급자를 위한 것이었다. 새로 지은 근사한 도서관인데다 평생학습 과목으로 첼로 수업이 개설되는 경우는 드물어서 강사 채용 경쟁률이 꽤 높았다.

그런데도 자람에게 자리가 돌아왔다. 학력으로나 경력으로나 자람이 꿰찰 자리가 아니었는데 운이 좋았다. 금옥이를 만난 후부터 일이 술술 잘 풀리는 것 같았다.

도서관 수업뿐만이 아니었다. 금옥이 덕분에 조금 멀리 떨어진 지역까지도 레슨을 다닐 수 있게 되었다. 최근에는 테크노밸리 근처에서 취미 레슨 요청이 자주 들어오는 편이었다.

자람이 중개 플랫폼을 이용해 레슨을 시작한 지도 벌써 6년 차였다. 하지만 취미 삼아 배우기에는 레슨비가 높은 편이었고, 입시를 준비하는 학생들은 굳이 자람을 선택하지 않았기 때문에 초등학교 방과후 수업이나 문화센터 강의 등을 병행했다. 자람은 일인 사업자이자 프리랜서였고, 동시에 계약직 근로자였다. 스케줄은 이런저런 사정으로 계속 바뀌었다. 바쁘리라 예상했던 날이 갑자기 텅 비어버리거나 맘 편히 쉴 줄 알았던 며칠이 순식간에 사라져버리기도 했다.

자람은 점차 자신의 방보다 차 안이 더 편하게 느껴졌
다. 자람이 집에 있으면 자람의 부모는 자람이 자신들을
필요한 목적지까지 데려다주는 게 당연하다고 생각했고,
자람도 그렇게 생각했다. 일과 살림으로 바쁜 엄마와 더
는 운전을 하지 않으려 하는 아버지. 자람이 가만히 방 안
에 틀어박혀 있고 싶을 때도 그들은 벌컥 문을 열고 일터
에, 마트에, 병원에, 다른 어딘가에 데려다달라고 했다. 그
뿐 아니라 자람이 이미 생활비의 절반 이상을 보태고 있
는데도 엄마는 조금 큰 액수가 필요할 때마다 자람에게
그것을 요청했다. 미안하다는 듯이, 그러나 어쩔 수 없지
않냐는 듯이.

일정이 없는 날에도 자람은 일하러 가는 척하며 집을
나섰다. 그러고는 무작정 동쪽을 향해 달리곤 했다. 목적
지는 강릉.

하지만 정말로 바다에 도착한 적은 없었다. 그저 금옥
이와 함께 고속도로를 달리다가, 휴게소에 들러 커피 한
잔 사마시고 돌아오면 숨통이 트이는 느낌이었다. 그 정

도로도 충분했다.

금옥이가 도로 위에서 주저앉아버린다면, 자람 역시 함께 주저앉게 될 것 같았다.

*

안자람. 어렸을 때부터 친구들은 자람을 '키가 안자람'이라고 불렀다. '키가'는 자람의 호 같은 것이었다. 이제와 생각하면 자기 몸만 한 첼로를 등에 지고 운동장을 가로지르는 모습이 놀림받기 딱 좋았겠다 싶기는 했다.

자람의 주위에는 어울려 지내는 여자애들이 있었고, 자신의 별명을 부르며 장난치는 남자애들도 있었지만 자람은 항상 그들과 자신 사이에 투명한 벽 같은 게 있다고 느꼈다. 자람은 또래 아이들이 좋아하는 연예인이나 즐겨 보는 놀이, 챙겨 보는 애니메이션 따위에 별로 관심이 없었다. 다른 여자애들이 울음을 터뜨릴 정도로 짓궂은 장난을 치던 남자애들도 자람 앞에서는 다소 점잖게, 어색하게 굴었다.

당시 자람이 다니던 초등학교에는 전문 연주자를 꿈꾸며 악기 레슨을 받는 아이가 자람밖에 없었다. 콩쿠르 같은 데서 만난 친구들과 이야기를 나눠보면, 그애들은 주로 서울에 살거나 근교의 사립초등학교에 다녔다. 그리고 경연이 끝나면 대부분 멋진 차에 실려 유유히 사라지곤 했다.

맞지 않는 옷을 입었다는 느낌.

어딘가 잘못된 곳에 놓여 있다는 느낌.

그러면서도 그 느낌이 정확히 어디에서 기인한 것인지 자람은 알지 못했다. 어렸을 때부터 첼로를 배웠고 재능이 있다는 소리를 들었다. 장래희망을 물으면 언제나 첼리스트라고 대답했다. 다른 길이 있다고는 생각하지 못했다. 자람은 자신이 엄마의 못 이룬 꿈과 신분 상승을 향한 아버지의 꿈 모두를 대신 감당하고 있다는 걸 꽤 나중에야 깨달았다.


4학년 여름의 어느 날, 불볕더위에 시커먼 첼로 가방을 메고 땀을 뻘뻘 흘리며 정문 언덕을 내려가고 있을 때, 갑자기 어깨가 가벼워졌다. 깜짝 놀라 돌아보니 지해였다. 자람보다 키가 훨씬 컸던 지해가 한 손으로 첼로 가방을 살짝 들어올려 무게를 덜어준 거였다.

같은 반이었지만 별달리 말을 섞어보지 않았던 지해. 둘은 어울려 노는 그룹이 달랐다. 지해에 대해서라면, 짧게 자른 머리에 웬만한 남자아이들보다 키가 크고, 누군가 약한 아이를 한대 때리면 지해에게 열대 맞는다는 전설 같은 이야기만 들어 알고 있었다.

이리 줘봐.

지해가 말했다. 자람은 괜찮다고 손사래 쳤다.

한번 줘봐. 나는 한 손으로도 들 수 있어.

자람은 마지못한 듯 가방을 벗어 지해에게 건넸다.

떨어뜨리면 진짜 안 돼.

자람이 다급하게 말했다. 지해는 별 대구 없이 우승 트로피를 들어올리듯 첼로 가방의 손잡이를 들고 번쩍 들어올렸다.

이거 봐. 난 알통도 있어.

지해가 다른 한 손으로 가방을 치켜든 쪽의 팔뚝을 두

드리며 말했다.

만져봐.

자람은 지해의 팔뚝에 조심스럽게 손을 대보았다. 진
짜네, 알통이 있네, 자람이 감탄하고 지해는 자랑스럽게
웃고.

지해는 한쪽 어깨에 자신의 가방을, 나머지 한쪽 어깨
에 자람의 첼로 가방을 멘 채 자람을 버스 정류장까지 데
려다주었다. 땀으로 축축하게 젖었던 등이 바람에 식으면
서 아주 시원했다.

그뒤로는 아예 지해가 교실에서부터 자람의 첼로를 짊
어지고 출발했다. 지해의 책가방은 자람이 멨다. 깃털처럼
가벼웠다. 지해는 숙제할 것만 빼고 교과서건 참고서건
몽땅 사물함에 넣어둔다고 했다. 나중에 알고 보니, 지해
는 정문 언덕 바로 밑에 있는 연립주택에 사는데도 늘 정
류장이 있는 큰길까지 자람을 데려다주었던 거였다. 해가
바뀌고, 반이 달라졌는데도 지해는 그렇게 했다.

지해를 생각하면 자람은 항상 그런 것들이 떠오르곤
했다.

햇볕은 뜨겁다 못해 따갑기까지 한데, 아주 습하지는 않은 초여름의 공기. 지해의 목덜미를 따라 흘러내리던 땀방울과 나란한 두개의 그림자. 무성한 초록. 한입 가득 베어 문 첫 수박의 단맛 같은 것들이.

*

퇴근 시간이라 막힐 것 같아 부지런히 출발했는데, 막상 도착해보니 지해와 약속한 시간까지 한시간가량 남아 있었다. 일찍 가면 글 쓰는 데 방해했다고 지해가 싫어할 거였다. 자람은 지해가 어떻게 아무런 보상도 돌아오지 않는 일을 그렇게 성실하게 하는지 그저 놀랍기만 했다.

마침 허기가 지기도 해서 자람은 공영주차장에 차를 세워두고 근처에 있는 카페로 들어갔다. 조그만 브리오슈 한개와 커피를 주문해서 2층으로 올라갔다. 자리를 잡고 앉자마자 인스타그램에 들어갔다. 민서의 계정에 오랜만에 새 게시물이 올라와 있었다.

어느 카페에서 골든리트리버와 악수하고 있는 민서. 크

롭이라기에도 너무 짧은 민소매 티셔츠와 검정 와이드 팬츠. 머리는 양갈래로 헐렁하게 땋아내렸다. 사람들은 댓글로 이곳이 어디냐고, 바지 브랜드가 뭐냐고 묻고 있었다.

민서는 대학 시절부터 SNS에 일상 사진을 올리다가 패션 인플루언서가 되었다고 했다. 과연 팔다리가 모델처럼 길쭉길쭉해서 뭘 걸쳐도 핏이 좋았다. 게다가 유명한 IT 회사에서 개발자로 일하고 있다는 사실까지 알려지자 사람들은 민서가 모든 걸 다 가졌다며 숭상했다. 민서가 얼마짜리 옷을 사 입고, 어떻게 화장을 하는지 궁금해하는 사람들이 3만명이 넘었다. 심지어는 어떤 브랜드의 두루마리 휴지를 쓰냐고 물어보는 DM까지도 온다고 했다. 민서의 강아지 '퍼지'의 인기도 상당한 것 같았다.

민서가 첼로를 껴안고 있는 모습이 담긴 사진도 몇장 있었다. 사진 속 민서의 가냘픈 팔뚝에는 작은 잎들이 달린 가느다란 덩굴 모양의 타투가 휘감겨 있었다.

폼은 제법 그럴싸했지만 아직 곡 전체를 연주해서 영상을 찍을 만한 수준은 아니라는 것은 민서도, 자람도 알았다. 민서는 연습도 그다지 열심히 하지 않았다. 뭐든 지루해지면 쉽게 그만두기 때문이라고 했다. 자기는 하기 싫은 일은 해본 적이 없다고. 그만두는 것도 능력이라고. 그러니 지루해지지 않으려면, 열심히 하면 안 된다고.

민서가 지나가듯 툭툭 던지는 그런 말들이 자람의 마음에 생채기를 냈다. 하고 싶지 않은데 계속하지 않으면 안 되었던 모든 것들이 떠올랐다. 동아줄처럼 꽉 붙들었지만 자람을 더 높은 곳으로 데려가지는 못했던 첼로도. 그래도 첼로가 아니었다면 민서를 만나지도 못했을 거라고 자람은 생각했다. 첼로가 아니라면, 자람은 아무것도 아니었다.

민서가 처음 연락해온 건 작년 가을이었다. 보통은 소위 '고수'들이 먼저 견적 요청을 받곤 하는데 민서는 후기도 많지 않은 자람을 콕 집어서 문의를 해왔다. 어떻게 저를 고르셨냐고 자람이 묻자 민서는 망설임 없이 말했다.

얼취여서요.

처음 들어보는 말이라 검색해보니 그건 '얼굴이 취향'이라는 뜻이었다. 그러니까 자람의 출신 학교나 경력, 유지하느라 분투해온 4점 후반대의 별점 때문이 아니었다. 다른 사람이 그런 말을 했다면 모욕감을 느꼈겠지만 민서가 그렇게 말하니까 왠지 기뻤다. 이렇게 근사한 사람이 내 얼굴을 맘에 들어한다니.

레슨은 일주일에 한번이었다. 민서와 레슨하기로 되어 있는 날이면 자람의 마음은 봄날의 갠 하늘처럼 맑았다. 하지만 민서는 당일에도 내키지 않으면 레슨을 취소했다. 그러면 순식간에 먹구름 덮인 것처럼 하루가 우중충해졌다. 자람은 자신이 민서를 지루하게 만들지 않을까 노심초사했다.

*

문을 두드리자 지해가 누군지 확인하지도 않고 문을 열었다. 자람이 잔소리를 했더니 지해는 대수롭지 않게 말했다.

올 사람이 너 말고 누가 있다고.

그렇게 말하는 지해의 안색이 여전히 칙칙했다. 지난번보다 살이 조금 붙은 것 같기는 한데.

이 조그만 원룸은 올 때마다 참 한결같았다. 이게 내 방이라면 어마어마하게 예쁘게 꾸밀 텐데. 자람은 생각했다. 수도승이 사는 방처럼 장식이라고는 4절 크기의 패브릭 포스터 하나밖에 없었다. 그마저도 작년 어느 날엔가 자람이 선물한 것이었다.

포스터에는 모두 다르게 생긴 고양이 네마리가 서로 팔짱을 끼고 발맞춰 걸어가는 일러스트가 그려져 있었다. 인터넷에서 우연히 보고 옛날 생각이 나서 사버렸는데 자람의 방에는 좀처럼 어울리지 않았다. 지해도 그 그림을 좋아할 것 같아서 선물했지만, 지해는 그걸 받아들고는 오묘한 표정을 지었다.

미래가 떠난 후로는 더이상 누구의 생일도 함께 축하하지 않았다. 특히 지해는 자신의 생일이 미래의 기일과 이틀밖에 차이가 나지 않아서인지 축하는커녕 생일을 상기하는 것 자체를 극도로 꺼렸다. 그럼에도 자람은 그런 지해를 생일날 혼자 두는 게 마음이 편치 않았다.

그래서 지해의 생일이면 자람은 지해의 집으로 찾아갔다. 나래는 부르지 않았다. 케이크도 준비하지 않았고, 축하 노래도 부르지 않았다.

별 얘기도 안 했다. 그냥 맥주 몇캔 마시고 치킨을 뜯으며 영화를 보거나 예능 프로그램을 봤다. 대리를 부르자니 비싸고, 맥주를 포기할 수도 없었으므로 그냥 지해네서 잤다. 지해는 침대 위로 올라오라고 했지만, 자람은 좁아서 불편하다며 바닥에 자리를 잡고 눕곤 했다.

매년 그래왔듯 지해가 물었다.

치킨 시킬까?

지해는 배달 앱을 보고 있었다고 했다.

좋지, 자람이 말하자 지해가 중얼거렸다.

근데 치킨이 이만 팔천원인 게 말이 되냐?

그럼 다른 거 먹어.

그런 뜻이 아니고.

지해가 휴대폰을 내려놓더니 말했다.

우리 뭐 시켜 먹지 말고, 나가서 좋은 거 먹을래?

좋은 거?

회 같은 거 먹을까? 초밥?

자람은 지해가 안 하던 짓을 하는 게 불안했다.

갑자기 왜.

지해가 자람을 쳐다보지 않고 말했다.

고마워서.

뭐가.

다.


누군가에게 고맙다는 말을 들어본 게 언제였나.

가족들한테서도 들어본 적 없었다. 하긴 딱히 고마울
것도 없었다. 자람만 희생한 것은 아니었으니까. 모두 자
기 몫을 해내느라 고되게 살았다.

할머니가 돌아가시고 이듬해, 아버지가 아파트 건설 현
장에서 지게차와 함께 옹벽 아래로 떨어져버렸다. 갈비뼈
아홉대가 부러졌는데, 그중 하나가 신장을 찔렀다. 아버
지는 갈비뼈가 아물고도 신장이 제 기능을 회복할 때까지
오랫동안 입원해 있어야 했다. 게다가 그 사고로 십자인
대마저 손상되어 평생을 절뚝거리게 되었다.

아버지는 그날 타고 있던 지게차의 브레이크가 고장났
다고 주장했지만, 엄마를 제외한 누구도 그 말을 믿어주
지 않았다. 자람도 마찬가지였다. 아버지가 평소에 술을

즐겨 마신다는 걸 직장 사람들도 모두 알고 있었다. 전날 밤늦게까지 마신 술 때문에 혈중알코올농도마저 애매한 수치로 나왔다. 결국 산재보험 적용을 받지 못했을뿐더러 지게차의 손해배상까지 해야 했다. 아버지는 그때부터 모든 게 억울한 사람이 되었다.

아버지의 병원생활이 길어지면서 엄마는 낮이면 아버지를 돌보고 저녁에는 식당 주방 일을 나갔다. 하교한 자람이 엄마와 교대했다. 자람은 자정 즈음 일을 마치고 돌아온 엄마와 다시 교대하고, 집으로 돌아가 집안일을 했다. 음대 입시를 준비해야 했는데 연습할 시간이 없었다.

중학교 3학년이었던 동생 우람은 간단한 심부름이나 겨우 했을 뿐 자기 먹은 밥그릇 설거지라도 하면 다행이었다. 공부하라고 잔소리하는 사람 없이 컴퓨터 게임을 실컷 할 수 있어서 좋았으려나. 연락 없이 친구 집에 가서 자고 와도 엄마와 자람은 그랬다는 사실조차 모를 때가 많았다.

그럼에도 우람은 우람대로 애썼다. 아무도 없는 집에서 혼자 밥을 챙겨 먹으며 키가 180센티미터가 넘게 자랐으니까. 그러는 동안 동생의 팔다리를 주물러줄 사람은 아무도 없었으니까.

자람은 결국 집에서 가까운 대학의 관현악과에 진학했다. 자람이 가고 싶어하던 명문대에 비하면 그다지 알아주지 않는 학교였고, 사립대라 등록금도 비쌌지만 달리 방법이 없다고 생각했다.

대학을 다니는 동안에도 계속 일을 했다. 학교에서는 장학금을 한명에게 몰아주는 것보다 여러 사람한테 조금씩 나눠서 주는 편을 선호했다. 몇차례 콩쿠르에 나가보기도 했지만 좋은 성적을 거두지는 못했다. 무대에서 첼로를 연주한 건 졸업 연주회가 마지막이었다.

유학은 꿈도 꿀 수 없었다. 이미 지고 있는 빚만 해도 버거웠다. 유학을 갔던 친구들이 귀국 리사이틀을 한다는 소식이 잊을 만하면 전해져왔다. 하늘하늘한 시폰 드레스를 입고 첼로를 껴안은 채 화사하게 웃는 친구들의 사진이 단톡방과 SNS에 올라왔다. 보고 싶지 않았지만 단톡방을 박차고 나올 용기도 없었다.

자신이 가질 수 없었던, 가질 엄두조차 내지 않았던 미래가 어쩌면 가능했을지도 모른다는 생각이 들 때면, 숨이 막혔다. 내가 조금만 더 노력했다면. 조금만 더 연습해서 콩쿠르에서 좋은 성적을 냈다면. 장학금을 받고 유학을 갈 수 있었다면.

아버지가 퇴원하고 나서야 지출이 줄면서 살림이 조금 나아졌다. 그러나 아버지는 몸이 다 낫고도 더는 일을 하지 않았다. 자람도, 엄마도 계속 일했지만 여유는 생기지 않았다.

그때쯤이었을 것이다. 처음 허벅지를 그었던 게.

서랍에서 어쩌다 눈에 띈 커터칼의 끝이 아주 예리해 보였다. 무엇이든 깔끔하게 잘라낼 수 있을 것 같았다. 자람은 뭔가에 홀린 사람처럼 자신의 허벅지에 그걸 가져다 댔다. 처음엔 무서워서 아주 살살 그어보았다. 피가 군데군데 송송 맺혔는데 별로 아프지도 않았고, 어디 살짝 긁힌 것 같은 정도였다. 인터넷에 올바른 자해 방법을 검색했다.

자람은 그때부터 가끔씩 허벅지를 그었다. 어릴 적 유

치원에서 선 긋기 연습을 했던 것처럼. 상처에 맺히는 핏방울은 검붉었는데 휴지로 닦아내면 아주 새빨갰다. 깊이 긋지 않아서였겠지만 몇주만 지나면 거짓말처럼 아물어버리는 피부가 신기했다.

그러면서도 한편으로는 죄책감이 들었다. 할머니가 살아 계셨다면 이런 짓을 못했을 텐데. 자람은 할머니가 지금, 이 방에 함께 있었으면 좋겠다고 생각했다.


자람은 고등학교 2학년 때까지 할머니와 방을 함께 썼다. 할머니는 조그맣고 조용한 분이었다. 싫고 좋음을 표현하지도 않았고, 걸어다닐 때조차 발소리가 들리지 않았다. 하지만 밤에 할머니와 나란히 누워 있을 때면, 할머니가 자람의 손을 더듬더듬 찾아 꼭 쥐었다. 조금은 뜨겁다고 느껴질 정도로 따뜻하고 거칠던 할머니의 손.

중학교에 입학한 후 두해 만에 20센티미터가 넘게 자라면서 종종 팔다리가 끊어질 듯 아팠다. 자다가도 깰 정도였다. 그럴 때면 할머니는 자람이 다시 잠들 때까지 자람의 팔다리를 주물러주곤 했다. 자람에게는 그걸로 충분했다. 할머니의 요강을 비우는 것도, 언제부턴가 기저귀를 갈아드리게 된 것도 조금도 어렵지 않았다.

할머니는 초가 녹아 흘러내리는 것처럼 조금씩 조금씩 작아지다가 어느 날 아무 예고도 없이 숨쉬기를 멈추었다. 불꽃이 잦아들다가 고요히 꺼지듯이.

할머니가 돌아가신 후 그 방은 자람의 차지가 되었지만, 온전히 자신의 방처럼 느껴지지는 않았다. 자람은 할머니가 쓰시던 물건 대부분을 버리지 않고 그대로 두었다. 무엇도 버릴 수가 없었다.

꽃무늬 천으로 감싼 두꺼운 성경책, 돋보기안경, 손때를 타 꼬질꼬질한 대나무 반짇고리. 화려한 고무줄 바지들과 팔순잔치 때 자람이 맞춰드렸던 옥색 치마저고리. 그리고…… 옷장 깊숙한 곳에서 거울이 달린 조그만 나무 경대를 하나 발견했다. 그 안에는 진주 목걸이와 큐빅이 박힌 조그마한 브로치 하나, 옥반지 하나, 그리고 화려한 모양의 플라스틱 단추 여러개가 들어 있었다.

자람은 울어버렸다.

옷풍 때문에 겨울이면 비닐 테이프로 꼼꼼히 틈새를 막

아놓아야 하는 창문과 젖었다 마르기를 반복해 등고선처럼 켜켜이 누렇게 된 천장 벽지. 자람은 그 방을 고치거나 바꾸고 싶지 않았다. 그렇다고 거기 계속 홀로 머물고 싶지도 않았다.

자람은 혼자 사는 여자들의 브이로그 영상을 자주 찾아보았다. 언젠가 이 집을 나가게 되면, 내가 좋아하는 것들로 꽉꽉 채워 방을 꾸미고 고양이도 한마리 키워야지. 들여놓을 가구와 인테리어 소품들도 꼼꼼하게 스크랩해놓았다.

키 외에는 조금도 자라지 못한 기분. 자람은 내내 그런 기분으로 살았다. 지해도 나래도 모두 꽤 오래전에 독립해서 자기만의 공간이 있었다. 민서는 딱 봐도 엄청 비싸 보이는 오피스텔 꼭대기 층에 살았다. 창밖에 펼쳐진 호수 뷰가 어찌나 근사했는지.

자람은 자신도 이다음에, 예를 들면 로또에 당첨된다든가 다시 태어난다든가 하면 그런 방을 갖고 싶다고 생각했을 뿐 민서를 질투하지는 않았다. 질투조차 할 수 없는 영역이 있는 법이니까.

물론 지금도 마음만 먹으면 원룸 전세 정도는 구할 수 있겠지만, 자람의 손발을 묶어놓고 있는 건 엄마. 엄마였다. 엄마를 집에 혼자 두고 나갈 수가 없었다.

*

아버지는 할머니를 닮아 조용한 사람, 힘든 일이 있어도 혼자 묵묵히 술로 삭이는 사람이라고 자람은 생각하고 있었다. 조용하다는 것. 그것이 아버지의 유일한 장점이라고.

그런데 사고 이후로 아버지는 완전히 달라져, 시도 때도 없이 분노하는 사람이 되었다. 문제는 그 분노 버튼이 언제 어떻게 눌리는지 아무도 모른다는 데 있었다.

그날 엄마는 거실 소파에 기대어 앉아 늘 챙겨보던 드라마를 보고 있었다. 우스운 장면이 나왔는지 엄마가 깔깔 웃었다. 자람도 방 안에서 그 소리를 듣고 웃었다. 누군가 아무 시름없이 웃는 소리를 들으면 자기도 모르게 따라서 웃게 되는 법이니까.

엄마가 한번 더 웃었다. 그때 아버지가 있던 안방의 문이 열리는 소리가 났다.

저벅저벅 걷는 발소리.

그리고 뒤이어 '철썩' 하는 소리.

자람은 심장이 내려앉는 듯했다. 밖으로 튀어나가자 엄마가 한쪽 얼굴을 감싸고 소파에 엎어져 있었다. 아버지는 정신이 나간 사람처럼 그 앞에 우두커니 서 있었다.

세 사람 모두 동시에 고장난 것처럼, 일시정지 버튼을 누른 것처럼 한참을 그렇게 있었다.

자람이 먼저 정신을 차리고 엄마에게 달려갔다. 엄마의 한쪽 뺨이 붉게 부풀어올라 있었다. 아버지는 말없이 밖으로 나가버렸다. 그날밤 자람은 동네 편의점 앞에 쪼그려 앉아 울면서 우람에게 전화를 걸었다. 사람들이 자람을 흘끔거리며 지나갔다.

우람아. 네가 여기 있었으면 좋겠어.

자람은 그렇게 말하며 엉엉 울었다. 내가 아니라 네가 여기에 있었으면 좋겠다고, 정말 하고 싶었던 말은 그것이었지만 하지 못했다. 전화 너머 우람도 울음을 터뜨렸다.

울보 안우람.

우람이는 우람이대로, 이름과 달리 덩치가 우람하다고 놀림을 받았다. 그 덩치에 툭하면 우니까 아이들이 더 놀렸다. 우람은 중학교에 입학한 후로 몸이 홀쭉해지더니, 어깨가 넓어지고 자람처럼 키도 엄청나게 자라버렸다. 그때부터는 아무도 우람을 우람하다는 이유로 놀리지 않았다. 우람은 중학교를 졸업한 뒤 기숙사가 있는 다른 지역의 특성화고등학교에 진학해 미용 기술을 배웠다.

자람이 자해를 한다는 걸 아는 사람은 우람뿐이었다. 이상하게도 그애에게 들키고 나자 자람은 오히려 안심이 되었다.

그날, 자람은 집에 아무도 없다고 생각했다. 허벅지를 몇차례 긋고 소독했다. 반창고를 찾으러 방에서 나왔는데 소파에 앉아 있던 우람과 눈이 마주쳤다. 학교 개교기념일이라 가족들을 놀래줄 생각으로 몰래 와 있던 거였다. 자람은 순간 심장이 떨어지는 줄 알았는데, 그보다 더 놀란 건 우람이 큰 소리로 울음을 터뜨려서였다. 우람은 손등으로 얼굴을 마구 훔치면서 엉엉 울었다.

누나 미안해, 누나 미안해, 하면서.

하지만 미안하다며 울던 우람은 졸업 후 집으로 돌아오기는커녕 곧장 캐나다로 날아가버렸다. 지난해엔 영주권도 받았다.

우람은 이따금씩 전화를 걸어와서 연애는 하고 있냐는 둥, 캐나다에 올 생각이 없냐는 둥 물었다. 캐나다에 와서 간병인 일이라도 하다가 돈 좀 모아서 대학원도 가고, 지역 오케스트라에 들어가라고.

애인이 있으면 같이 와서 살라고도 했다. 말만이라도 고마웠다. 자주 보지 못하는데도 자람은 그애가 의지가 되었다.


*


아버지가 엄마를 때린 다음 날, 자람이 집에 돌아왔을 때 엄마는 유난히 기분이 좋아 보였다. 아버지가 좋아하는 김부각을 만들고 있었다. 보통 손이 많이 가는 음식이 아니었다.

왜 이렇게 신이 났어?

신나기는. 신이 왜 나니?

신났는데 엄마, 지금.

그게 아니라, 네 아빠 아까 점심때쯤 집에 왔는데.

엄마는 거실 소파 테이블 위에 놓인 꽃병을 가리켰다.

나한테 무릎 꿇었다? 어제는 진짜 미안하다고, 자기가 잠시 미쳤던 것 같다고. 다시는 안 그런다면서.

엄마는 그 말 믿어?

자람은 엄마가 튀겨놓은 김부각을 하나 집어 먹으며 물었다. 엄마가 말했다.

얘. 네 아빠 지금까지 나한테나 너네한테나 손댄 적이 있니, 언성을 한번 높인 적이 있니? 나는 네 아빠가 하도 표현이란 걸 안 하니까 울화병이 나서 죽을까봐 걱정하면서 여태 살았어. 멀쩡하게 직장 다니던 사람이 한순간에 다 잃었는데 화도 안 내고 술만 마시는 게 나는 더 나쁜 것 같다, 얘. 그니까 뭔가 표출? 분출을 한 거 같은 거야, 나는.

엄마는 진심으로 안도하고 있다는 듯 말했다. 엄마의 말은 기이하게 논리적이었는데, 그럼에도 자람은 석연찮았다. 분출이고 표출이고 다 좋다 쳐도 타이밍이며 방식이 너무 께름칙했다. 억눌러온 분노를 왜 하필 그 순간에, 엄마에게, 세상 무해한 웃음소리를 듣고 그런 식으로 분출하나.

다 괜찮다고 했지만 엄마는 그때부터 웃다 말고 자기 웃음소리에 흠칫 놀라는 사람이 되었다가, 이제는 완전히 숨을 죽이고 웃는 사람이 되었다. 아버지는 더는 누구를 때리지 않았지만 대신 뭔가를 부수거나 던지는 방식으로 분노를 '표출'했다.

언젠가 함께 저녁밥을 먹고 있을 때, 자람이 메시지를 확인하려고 휴대폰을 들여다보는데 아버지가 갑자기 자람의 손에서 그것을 빼앗아 벽에다 던져버렸다. 액정이 산산조각 났다.

고마운 줄도 모르고.

아버지는 그렇게 말하며 식식거렸다.

아버지는 그때부터 그 말을 입에 달고 살았다. 고마운 줄도 모르고. 평생을 노예처럼 일해서 먹여살려놨더니. 엄마는 그때마다 아버지에게 고맙다고, 진짜로 고맙다고 했다. 자람에게도 고맙다고 말하라고 했다.

아버지는 때로 눈두덩에 시퍼렇게 멍이 들어 돌아왔다.
가끔은 경찰서에서 전화가 오기도 했다. 술을 잔뜩 마시
고 아무한테나 시비를 걸었다고 했다. 그런데 정작 싸움
이 붙으면 때리기는커녕 맞기만 하니까 때리는 사람도 싸
울 의지를 잃어버리곤 하는 듯했다.

엄마, 우리 아빠랑 따로 살면 안 돼?

이따금 자람이 그런 말을 하면 엄마는 말도 안 되는 소
리라고 했다.

너는 나가서 살고 싶으면 살아. 돈 있잖아. 우람이처럼
아예 손 안 닿는 데 도망가서 살아.

우람이 도망간 거 아니야. 자기 갈 길 간 거야.

그거나 그거나.

엄마가 말했다.

나는 우람이가 여기 있었으면 좋겠는데, 우람이가 없어
서 진짜 다행이야.

자람의 말에 엄마가 무슨 소리를 하냐는 눈빛으로 자람
을 보았다. 엄마는 자주 그런 눈빛으로 자람을 보았다.

자람은 자신이 엄마를 사랑한다고 생각했지만, 가끔은 그렇지 않은 것 같기도 했다. 그냥 사랑하는 게 당연하다고 생각했던 것이 아닌가 싶었다. 엄마가 자람을 사랑한다고 생각하는 것도 비슷하지 않을까. 그냥 서로 그런 게 아닐까.

다만 아버지에 대한 엄마의 사랑은 진짜였다.

자람은 아버지가 엄마를 다시 때릴까봐, 엄마가 맞았다는 사실을 자람에게 아예 숨길까봐 그게 걱정이었는데, 엄마는 항상 아버지가 어디 나가서 험하게 죽을까봐 걱정했다.

나는 네 아빠 안 버려.

엄마가 말했다.

왜? 엄마는 엄마 자신보다 아빠가 더 소중해?

엄마는 잠깐 골똘히 생각하더니 말했다.

비슷하게 소중해.

자람은 엄마의 이상한 사랑이 아버지를 더 뒤틀린 사람으로 만들고 있는 것 같다고 생각했다. 사랑은 다 이상한 걸까.

집을 나선 지해와 자람은 나란히 걷기 시작했다. 지해가 어느 건물 2층에 있는 초밥집을 가리켰다. 유리 통창 너머로 두세 사람씩 테이블을 차지하고 옹기종기 앉아 있었다. 천장은 낮았고 주황색 불빛이 아늑해 보였다. 지해가 말했다.

지나다니다가 올려다보면 항상 손님이 있거든. 한번도 비어 있던 적이 없어. 근데 좋아 보이는 거야, 뭔가 도란도란한 느낌?

두 사람은 계단을 총총 올랐다. 지해가 문득 웃으면서 말했다.

나 일하는 데선 있잖아, 다들 엄청 전투적으로 먹거든. 회사원 아저씨들, 같이 왔는데 서로 말도 안 해. 여자들은 별로 안 오고.

한식뷔페라고 그랬지?

응. 무한리필.

지해가 말했다. 자람은 어쩌다 비싸고 맛있는 걸 먹게

되면 항상 친구들을 생각했다. 애들이랑 나중에 또 같이 와야겠다, 같이 먹으면 얼마나 더 맛있을까, 하고.

지해에게도 근사한 걸 사주고 싶었지만, 혹시라도 그게 지해의 자존심을 상하게 할까봐 늘 조심스러웠다. 대신 자람은 지해에게 시시한 선물들을 아무 때나 줬다. 지해가 조금이라도 알아주었으면 했다. 아무 이유 없이, 아무 때나 내가 너를, 이렇게 생각하고 있다는 걸.

소중히 여기고 있다는 걸.

2016.05.31.00:29

　지나고 나니 아무것도 아닌 일들에 나는 왜 골몰했을까.

　나는 유체이탈하듯 먼 미래로 날아가, 지금의 나를 내려다보고 있다.

　내가 지금 어떤 선택을 하든, 뭘 원하든 원하지 않든

　나는 언젠가 기어이 무언가가 되어 있다.

　아무것도 모르는 어린아이처럼 순진하기에는 어쭙잖게 필요 이상의 것들을 알고 있고,

　달관한 노인처럼 고요하기에는 아직 내가 모르는 것들이 아우성치고 있으니.

　내일의 나에게 당부.

　오늘의 나를 비웃거나 한심해하지 말 것.

3 나
래

한걸음 디딜 때마다 엄지발가락 끝이 욱신거렸다.

통증을 무시하고 최근에 운동을 너무 격하게 했는지도.
매년 이맘때면 몸이 물에 젖은 솜처럼 무거웠고, 머릿속
은 안개가 낀 것처럼 뿌옜다. 그래서 더 바쁘게 움직였다.
계절을 실감할 수 없을 정도로 빠르게 흘러가는 시간 속
에서도, 나래의 몸은 기가 막히게 기억해냈다. 온 우주가
일순간 완전히 멈추었던 그때를.

도서관 열람실을 나선 나래는 절뚝거리는 것처럼 보이
지 않도록 최대한 조심스럽게 복도를 가로질러 화장실로
들어갔다. 문을 걸어잠그고 변기에 앉아 양말을 벗었다.

왼쪽 발을 들어 무릎에 올려놓고, 엄지발가락을 가만히 들여다보았다. 확실히 발톱 끝이 조금 안쪽으로 말려들어가 있었는데, 눈에 띄게 붉어져 있거나 피가 나지는 않았다.

발톱 근처를 손으로 살짝 눌러보았다. 찌르는 듯한 통증이 밀려왔다.

인터넷에서 찾아본 대로, 나래는 두루마리 휴지를 아주 조금 뜯어 파고드는 발톱 아래 끼웠다. 이를 악물고 손톱으로 꾹꾹 밀어넣었다. 내일 출근하면 소독을 하고 멸균솜으로 갈아끼워야지. 나래는 다시 주섬주섬 양말을 신고, 슬리퍼를 신었다.

일어나서 몇걸음쯤 제자리걸음을 걸어보았다. 확실히 조금 나아진 것도 같았다. 제대로 치료를 받아야 하는 걸까 싶다가도, 스스로 해결할 수 있을 것 같기도 했다. 이게 어느 정도의 고통인지 확신이 들지 않았다.

나는 지금 충분히 아픈가.

견딜 수 있는 정도인가.

어려웠다.

오후 회진이 끝나고 퇴근한 후에는 학교 도서관에서 공부를 하고, 교내에 있는 헬스장에서 한시간 정도 운동을 했다. 의료계 파업으로 연초부터 학교가 온통 어수선했지만 나래는 크게 신경 쓰지 않았다.

의대에 입학한 후로 4년이라는 시간이 순식간에 지나갔고, 그것이 다행이었다. 선택을 회의할 겨를조차 없었다. 읽거나 외우는 대신 '눈에 바른다'고 할 정도로 방대한 분량의 낯선 지식들, 악몽 같은 '땡시'와 포르말린 지옥, 처음엔 폭풍 같았던 실습도 어느 정도 익숙해졌다. 이제는 슬슬 국가시험을 준비하면 되었다. 물론 그 역시 또하나의 시작에 불과하겠지만.

현관문을 열자마자 익은 채소의 단내가 풍겼다. 재원의 운동화가 현관에 놓여 있었다. 안으로 들어가니 재원이 소파에 쪼그리고 누워 잠들어 있었다. 나래는 집에서 일절 요리를 하지 않았는데, 어느 순간부터 부엌에 계량컵과 계량스푼, 채소 탈수기, 네종류의 칼과 파스타면 전용 냄비가 생겨 있었다. 요리가 취미인 재원이 야금야금 가져다놓은 것들이었다.

나래가 조용히 가방을 내려놓고 겉옷을 벗는 사이 재원이 부스스 눈을 떴다. 잠들어버렸네, 재원이 말하고는 한쪽 팔을 벌렸다. 나래는 재원의 품으로 기어들어갔다. 따뜻했다. 재원의 목덜미에서 잠의 냄새, 나른하고 달짝지근한 냄새가 났다.

뭐 만들었어?

나래가 물었다.

치킨 스튜. 근데 기다리다 배고파서 먼저 먹어버렸어.

미안, 혼자 먹게 해서.

나래가 말했다. 재원은 자기가 못 기다려서 미안하다고 했다.

배고프지?

나래가 고개를 끄덕였다. 재원은 스튜를 얼른 데워주겠다며 자리에서 일어나 부엌으로 갔다.

바게트도 좀 가져왔는데 같이 먹을래?

재원이 물었다. 나래는 괜찮다고 고개를 저었다. 나래가 아일랜드 테이블에 앉아 숟가락으로 스튜를 천천히 떠먹는 동안, 재원은 맞은편에 앉아 꽃받침을 한 채 그 모습을 지켜보았다. 나래는 웃음을 터뜨렸다.

아, 청첩장 나왔어.

재원이 갑자기 생각났다는 듯 자리에서 벌떡 일어났다. 소파 옆에 있던 커다란 종이 상자에서 카드를 한장 꺼내와 나래에게 건넸다. 재원이 나래의 표정을 살피다가 말했다.

별로야?

아냐, 예뻐. 그냥…… 실감이 안 나서.

그러게. 창섭이는 결혼식 다 끝나고 신혼여행 갔다 올 때까지도 실감 안 났다던데.

재원이 말했다.

그럼 도대체 언제 나는 거지, 실감.

여자친구가 왜 집에 안 가지, 할 때?

재원이 그렇게 말하고는 와하하, 웃었다. 폭죽처럼 터지는 웃음소리. 나래는 재원이 웃는 방식이 좋았다. 아무 생각 없이 따라서 웃게 되어버리는.

나래는 자신이 만약 결혼을 하게 된다면 상대가 재원일 거라는 데 추호의 의심도 없었다. 다만 그 믿음과 별개로 결혼 자체에 대해서는 확신이 없었다. 결혼이란 걸 하기에는 서로에 대해서 너무 모르는 게 아닐까. 모르는 채로, 몰라도 좋으니 그냥 지금처럼 함께 있는 것만으로는 충분하지 않나. 무엇에도 끝은 있는 법인데.

지난겨울, 재원이 생각지도 않은 시점에 덜컥 프러포즈를 했다. 나래는 재원을 깊이 사랑하고 있었고, 그러므로 거절을 해야 한다면 그 이유를 명확하게 얘기해줘야 할 터였다. 하지만 자신에게조차 설명하기 어려운 이유를 재원에게 말할 수 있을 리 없었다. 한다면 당신이랑 할 거야, 라는 느낌으로 답했을 뿐인데 이렇게나 빨리 진행되리라고는 예상하지 못했다.

이야기를 나누다보니 나래가 인턴 과정을 시작하고 나면 그후로 몇년간은 좀처럼 시간을 내기 어려울 것 같았고, 당장 9월에는 시험이 시작되므로 그전에 식을 올리는 게 좋겠다는 결론이 나버렸던 것이었다.

재원은 자신이 모든 걸 다 준비할 테니 나래는 좋다, 싫다, 그것만 말해주면 된다고 했다. 사실 나래에게는 그게 제일 어려운 일이었다.

싫으면 싫다고 말해.

그렇게 말하는 미래의 목소리가 귀에 들리는 듯했다.

싫은 건 아냐, 나래는 대꾸한다.


*


혼자 있는 게 두려워 늘 누군가를 곁에 두었지만 오래 가지는 못했다.

관계가 어느 정도 진전되면 상대방은 늘 더 많은, 더 깊은 이야기를 원했다. 서로에게 어떤 비밀도 없기를 바랐다. 하지만 어느 시점에, 어디까지 이야기해야 하는 건지 나래는 늘 혼란스러웠다. 용기 내어 그간의 일을 이야기하면 어떤 이는 나래의 취약함을 이용해 나래를 좌지우지하려 했고, 어떤 이는 자기가 가진 상처가 더 크다며 경쟁하려 들었다. 가족력을 운운하며 떨어져나간 이도 있었다.

그런 날들을 지나오면서 나래는 누군가가 나래가 어떤 사람인지, 어떻게 살아왔는지를 궁금해하면 그 순간부터 자신의 주위에 투명한 막을 쳤다. 고치 안에 몸을 숨기는 애벌레처럼.

나래를 신비롭다며 추앙하던 이들은 곧 나래가 차가워서 견딜 수 없다고 했다. 누군가를 좋아하게 되면 궁금한 게 많아지는 법인데 왜 자신을 궁금해하지도 않고 너에 대해서 아무것도 말해주지 않느냐며 섭섭해했다.

모든 걸 다 보여주고도 곁에 남아 있는 사람.

아무것도 모르는 채로도 나를 사랑해줄 사람.

선택지는 그 둘밖에 없는 것 같았다.

재원도 나래가 쌍둥이 동생을 잃었다는 것은 알고 있었다. 나래는 그 이상은 얘기하지 않았고, 재원도 캐묻지 않았다. 상견례 때 부모님은 재원의 부모님에게 '사고'로 미래를 잃었다고 말했다.

결혼 날짜를 잡기 전에, 예식장을 정하기 전에, 드레스를 고르기 전에 나래는 재원에게 모든 걸 털어놓고 싶었다.

그런데 대체 무엇을 털어놓는단 말인가.


나래와 미래는 이란성 쌍둥이였다. 외모도, 성격도 모

두 확연히 달라서, 둘이 쌍둥이는커녕 자매라는 사실조차 사람들이 믿지 않을 때가 많았다.

두 사람의 아버지는 대학교수였고, 어머니는 초등학교 교사로 일하다가 교장으로 은퇴했다. 그들은 딸들에게 공부를 열심히 하라거나 나중에 어떤 직업을 가지라거나 하는 잔소리는 일절 하지 않았지만, 딸들이 무언가에 호기심을 보이면 물심양면 지원했다.

나래는 공부가 즐거웠던 적은 딱히 없었지만, 그냥 했다. 공부가 쉬웠다. 늘 전교 1등이었고 특히 이과 과목에 재능이 있었다. 나래와 달리 미래는 미술, 음악, 체육 같은 예체능 과목을 잘했고 또 좋아했다.

둘 다 열광하는 유일한 분야가 있었는데, 바로 지구과학, 그중에서도 천문학이었다. 부모님은 집에 근사한 천체망원경을 들이고 『과학동아』와 『싸이언스』 『내셔널지오그래픽』 같은 잡지들을 구독해주었다. 둘을 당시 흔했던 '걸스카우트' 대신 '우주소년단'에 가입시켜주기도 했다. 둘은 단체 이름이 우주'소년'단인데다 여학생 비율이 매우 적은 것에 유감을 표하며 자신들을 '우주소녀'라고 불렸다.

대학교 3학년 때인가, 미래가 갑자기 전화를 걸어 '우주소녀'라는 이름의 아이돌이 데뷔한 걸 아느냐고 물은 일이 있었다. 그때 나래가 아는 여자 아이돌은 소녀시대밖에 없었다.

이름을 왜 그렇게 지었대?

나래가 묻자 미래가 대답했다.

우주에 중심이 없는 것처럼, 센터 멤버만 빛나는 게 아니고 멤버들 전부가 각자 중심이 될 거라는 그런 포부래.

미래가 그렇게 말하고 웃었다.

그래, 우주에는 중심이 없고, 중심이 아닌 곳도 없다.

빅뱅 이래 우주는 그 모든 중심으로부터 서서히 팽창하고 있다. 우주에 속한 모든 것은, 지금도 일정한 속도로 서로에게서 멀어지고 있다.

'우주소녀'를 기획한 사람들은 그룹 이름을 지을 때 이 사실을 염두에 두었을까? 과연 우주소녀는 언제까지 활동을 계속할 수 있을까? 미래와 나래는 그런 얘기를 하며 잠시 낄낄댔다.

근데 그게 정작 우리 얘기였다는 걸 그땐 몰랐지.

우주는 무한히 넓고 우리는 너무 조그맣고 가까워서, 몰랐지.


미래는 중학교에 입학한 후 영상 동아리에 들어갔고, 2학년이 되면서 지해라는 친구를 만나 아주 가까워졌다. 지해와 오랜 친구인 자람까지 셋이서 자주 몰려다녔는데 나래도 가끔 거기 끼었다. 지해와 자람은 좋은 친구들이 었지만 다른 아이들과 마찬가지로 나래를 조금 어려워하는 것 같았다.

단짝이라고 부를 만한 친구는 따로 없었다. 나래한테는 미래만으로 충분했으니까. 미래는 그렇지 않은 것 같아서 나래는 종종 쓸쓸했다.

그 무렵 미래는 중학교를 졸업하면 고등학교에 진학하지 않겠다고 선언했다. 자신이 배우고 싶은 것은 학교 밖에 있다며. 부모님을 설득하는 것은 그리 어렵지 않았다. 부모님은 미래가 어떤 삶을 살든 미래를 응원하겠다고 했다.

한편 나래는 우주과학자나 우주비행사가 되면 좋겠다고 생각했다. 누구나 원하기만 한다고 할 수 있는 일이 아니었지만, 나래는 자신은 원하기만 하면 그렇게 할 수 있으리라는 걸 알았다.

과학 경시반에 들어갔다. 경시반은 저녁까지 추가 수업을 했기 때문에 친구들과 함께 하교하거나 시간을 보내기 어려웠다. 시도대회를 거쳐 전국대회에서도 상을 받았고, 곧이어 과학고등학교에 들어갔다. 나래의 가족은 원래 영통구에 살았지만 나래가 과학고에 입학하자 학교와 가까운 장안구의 한 아파트로 이사했다. 원래 살던 곳에서 불과 7킬로미터 정도밖에 떨어져 있지 않은 곳이었다.

나래가 조기 졸업 후 카이스트 항공우주공학과에 입학했을 때도 부모님은 아예 대전으로 이사를 가자고 말했다. 나래는 그게 끔찍했다. 그 생각을 입 밖으로 낸 적이 없었는데도 미래는 말했다.

싫으면 싫다고 얘기를 해.

나래가 우물쭈물하는 사이, 미래는 가족들이 대전으로 이사를 가든 안 가든 자신은 이제 집을 떠나 독립할 거라고 말했다. 그리고 그렇게 했다.

　나래는 부모님의 돈으로 학업을 계속하며 부족하지 않은 생활을 했지만, 미래는 고등학교에 이어 대학에도 가지 않았다. 그리 멀지 않은 안산에 스스로 방을 구해 살면서 부모님에게 용돈 한푼 받지 않았다. 그런 미래가 부러운 건 아니었다. 나래는 그렇게 살고 싶지 않았다.

　부모님이 나래를 응원하는 방식은 미래를 향한 것과는 묘하게 달랐다. 고생했다, 애썼다는 말보다는 역시 우리 딸, 우리 딸이 해낼 줄 알았다,고 말했다. 그 말은 나래가 뭐든지 잘해내는 것이 당연하다는 뜻 같았고 나래 역시 그렇게 생각했다.

　응당 그래야 하는 것. 당연한 것.

　사람들은 나래의 부모님에게 저런 딸을 가져서 얼마나 좋으실까, 자랑스러우실까, 그런 말을 했다. 과학고에 입학했을 때, 그리고 카이스트에 입학했을 때. 사람들이 축하 인사를 건넬 때마다 나래는 운이 좋았다고 말했다. 네가 열심히 해서 그런 거지,라는 답이 돌아오면 그런가, 하는 의문이 들었다.

내가 열심히 한 게 맞나. 최선을 다했나.

항상 노력한 것보다 좋은 결과가 주어진 것 같았다.


그리고 4년 전 의대에 입학했을 때, 화가 복이 되었다고 말하는 사람들이 있었다. 나래는 그 사람들의 멱살을 잡아 바닥에 내던지고 싶었다.


*


재원의 코골이가 시작되었고, 나래는 협탁 서랍에서 귀마개를 꺼내 꽂았다.

재원은 저녁 내내 나래가 미세하게 절뚝거리는 것을 눈치채지 못했다. 나래는 그런 걸 좀처럼 못 알아채는 둔감함, 머리를 베개에 대는 순간 잠들어버리는 단순함이 재원의 가장 큰 매력이라고 생각하고 있었다.

상대방의 감정을 자기 것처럼 느끼고, 내가 아픈 만큼 아파하고, 말하지 않아도 다 알아버리는 그런 사람이라면, 함께 있기 힘들 것 같았다.

타인의 고통을 그냥 지나치지 못하는 사람.

표정만 보고도 어떤 기분인지 알아맞히는 사람.

미래가 그런 사람이었다.

미래한테는 거짓말을 할 수 없었다. 특히 미래는 다른 누구보다도 나래가 느끼는 감정들을 섬세하게 알아채곤 했다. 엄마의 자궁에서부터 함께였기 때문일까.

세상이 다 몰라도 나를 알아주는 단 한 사람이 있다는 사실은 든든했지만, 한편으로 나래는 늘 자신이 미래에 비해 너무 둔감하고 이기적인 것 같다고 느끼곤 했다. 늘 좋은 성과를 얻고, 무엇에도 싫은 내색을 하지 않고, 부모님의 어깨를 으쓱하게 하는 건 항상 미래가 아니라 나래였는데도, 부모님에게든 누구에게든 더 사랑받는 쪽은 언제나 미래라는 생각.

나래가 전교 1등 성적표를 받아오면 부모님은 기뻐서 미소 지었다. 그러나 미래가 저녁에 함께 먹을 김치찌개를 끓인다며 주방을 분주히 왔다 갔다 한다거나 노래방에서 김수희의 「애모」, 송창식의 「우리는」 같은 노래를 부를 때, 아버지의 연구실에 한번 가보고 싶다고 말할 때 훨씬 더 활짝 웃었다.

나래는 그런 생각을 하는 자신이 싫었지만, 사람들이 자신에게는 보여준 적 없는 환한 얼굴을 하고 미래를 바라보는 것을 바라볼 때면, 마치 캔버스 위에 검은 물감을 덧칠하고 또 덧칠하는 것 같은 기분이 들었다.

대학에 진학한 뒤, 함께 이사하겠다는 부모님을 만류하고 혼자 살기 시작하면서 나래는 처음으로 자유롭다고 느꼈다. 게다가 대학에 들어오고 나니 그동안 손꼽히는 우등생이었던 자신이 아주 평범하거나 그보다 못한 수준이라는 걸 알았고, 그렇다는 게 이상한 안도감을 주었다.

나래가 대학에 입학하고 두달이 채 되지 않아, 수학여행을 가려던 고등학교 2학년 학생들을 포함해 476명이 타고 있던 여객선이 침몰하는 사고가 있었다. 나래는 방송국 카메라가 비추고 있는 그곳이 불과 일년 전, 친구들과 함께 있었던 그 선착장이라는 것을 알았다.

지해와 자람이 고3이 되기 전에 제대로 한번 가기로 한

여행이었다. 이왕이면 제주도로. 고등학교에 진학하지 않아 수학여행을 가지 못한 미래를 위한 친구들의 배려였다. 버스로 네시간을 달려 진도 터미널에 도착했고, 거기서 다시 제주도까지 가는 배를 탔다. 1박 2일 일정인데 오고 가는 길에 시간을 다 쓰는 기분이었지만 처음으로 다함께 가는 여행에 마냥 들떠 있었다.

지해와 자람이 뱃멀미를 하느라 선실에서 꼼짝도 못하고 있는 동안 나래와 미래는 갑판에서 바닷바람을 쐬었다. 날이 조금 흐렸고 하늘도 잿빛, 갈매기도 잿빛이었다. 배가 검푸른 바닷물을 가르며 만들어내는 하얀 포말을 가만히 내려다보던 미래의 옆얼굴. 짠기 섞인 바닷바람과 얼굴에 달라붙던 머리카락. 어떻게 들어왔는지 바닥에 죽어 있던 주홍빛 불가사리를 한참 동안 들여다보았던 기억.

배에서 내린 후에도 지해와 자람은 선착장 바닥에 철푸덕 주저앉아 뭍에 다시 적응하느라 애썼다. 그사이 하늘이 서서히 개어 해가 얼굴을 드러냈다. 거기서 다시 버스를 타고 검은모래해변으로 갔다. 신발을 벗어 양손에 든 채로 밀려오는 파도에 발을 적셨다. 미래의 신발은 연노

100

란색 스니커즈였고, 햇빛이 반짝거리며 파도와 함께 부서졌고, 우리는 천진하게 해변을 뛰어다녔고…… 미래는 혼자 바짓단을 적셔버렸고……

기억의 오류일까. 그 장면이 지나치게 아름다운 것 같다고 나래는 생각했다.


단톡방에서 친구들이 기분이 이상하네 어쩌네 떠들며 온갖 추측을 하고 엉망진창이었던 국가의 대응 체계를 비난하는 동안, 미래는 이상할 정도로 조용했다. 나중에 알고 보니 그때 미래는 현장을 뛰어다니고 있었다. 미래는 다시 팽목항에, 체육관에 가 있었다. 그리고 이후로는 합동분향소에, 시위현장에, 광화문광장에 있었고 자신만의 방식으로 그 시간들을 기록하고 있었다.

*

시간이 흐르면서 사람들은 조금씩 잊어갔다. 나래도 마찬가지였다. 나래는 새로 만난 세계에 푹 빠져 있었다.

첫 연애.

첫 키스.

좋아하는 사람이 자신을 만질 때 피부에 오소소 전류 같은 게 흐른다는 걸 알았고, 자신의 주량을 알았고, 지금까지 해온 건 공부라고 할 수도 없다는 걸 알았다.

미래와 이따금 통화하고 메시지도 주고받았지만 언제부턴가 서서히, 그리고 확실하게 빈도가 줄었다.

그때 미래는 무엇을 알아가고 있었을까.

무엇을 견딜 수 없게 되어가고 있었을까.


어렸을 때 미래의 다이어리에는 좋아하는 것의 목록과 싫어하는 것의 목록이 차곡차곡 정리되어 있었다. 읽고 싶은 책, 보고 싶은 영화, 방학 때 하고 싶은 일들, 어른이 되면 하고 싶은 일들까지도 빼곡히 적혀 있었다.

미래는 그것들을 하고 있겠지. 어른이 되었으니까.

그리고 또 새로운 꿈을 꾸고 있겠지. 미래는 나와 다르니까.

미래는 충분히 강하니까.

자신 역시 부모님이 자신에게 그러했듯 그런 믿음을 핑계로 미래에게 어떤 종류의 힘도 보탠 적 없었다는 것을, 나래는 아주 나중에야 깨달았다.

2014.04.27. 00:03


　지금 공기 중에는 얼마나 많은 슬픔의 입자들이 떠다니고 있을까. 누구 하나 빠짐없이 같은 공기를 숨 쉬고 있다는 진실.

4   지
    해

손을 먹는 꿈을 꾸었다.

내 손인 게 분명한 것이 접시 위에 요리되어 있었다.

내 손으로 그것을 집어먹었으니 내 손은 내 몸에 붙어
있는 것이 확실한데, 접시 위에 있는 것도 역시 내 손이었
다. 조금 먹다가 도저히 못 먹겠어서, 옆에 있는 누군가 역
시 자기 손을 맛있게 먹고 있기에 내 것도 먹으라고 주었
다. 그걸 왜 나한테 줘, 하는 얼굴로 그 사람이 나를 보았다.

누구였지. 분명 아는 얼굴인데 누군지 떠올릴 수가 없
었다.

눈을 뜨자마자 미래를 생각했다. 어젯밤에 이상한 꿈을 꿨어, 하며 조잘조잘 들려주던 꿈 이야기들. 지해에게는 그 이야기들이 아직까지도 선명하게 남아 있었다.

어느 날엔가는, 꿈속에서 가수 윤상 아저씨 ─ 미래가 좋아했다 ─ 와 함께 음악을 만들기로 했는데, 나란히 앉아서 나뭇잎을 이런저런 모양으로 자르기만 했다고 말했다. 윤상 아저씨는 그게 멜로디를 만드는 과정이라고 했다.

한참을 그러고선 녹음실에 들어갔더니, 거기에는 어떤 음향기기도 없이 그저 커다란 화덕이 있었다. 윤상 아저씨는 갑자기 흙으로 반죽을 하기 시작했다. 그러고는 반죽을 동그랗게 만든 뒤 아까 자른 다양한 모양의 잎들을 하나씩 얹어서 구웠다.

이게 바로 음악입니다. 윤상 아저씨가 말했다.

과연 그렇군요. 꿈속에선 전혀 의심이 들지 않았다고 미래는 말했다.

어느 날에는, 마당에 아주 커다란 느티나무가 있었다고

했다. 대기는 황색의 먼지로 가득했고, 세찬 모래바람이 불고 있었다. 그때 갑자기 어떤 곤충의 떼가 시커멓게 나무로 달려들었다. 곤충 떼가 지나간 뒤 보니 느티나무의 나뭇잎들은 잎맥만 남아 있었다. 잎맥만 남은 잎들을 축 늘어뜨린 느티나무는, 나무라기보다는 깃털을 늘어뜨리고 있는 어떤 짐승처럼 보였다고.

또 어떤 날에는, 주변이 온통 하얀 눈으로 덮여 있었다고 했다. 밤이었는데, 흰 눈과 눈에 반사되는 달빛 때문에 유난히 밝게 느껴지는 그런 밤이었다고.

그때 이웃에 사는 어떤 여자가 몸에 불이 붙은 채로 뛰쳐나왔다고 했다. 미래는 여자를 향해 소리쳤다. 바닥에 뒹굴어요! 눈 위에 뒹굴어요! 그러자 여자가 바닥에 몸을 굴렸고 불은 꺼졌다.

다음 날 아침에 보니, 여자가 뒹군 자리에 파란색 불의 잔영이 남아 있었다고 했다.

가만히 손을 대보았는데 불이 차가웠어. 차가운 불이었어. 미래는 말했다.

그런 얘기들을 아무렇지도 않게 하던 미래. 나는 왜 그런 꿈을 꾸지 않지, 그때 지해는 생각했다. 나도 그런 꿈을 꾸면 좋겠는데.

내가 너라면 그걸로 그림을 그리거나 글을 쓸 것 같아.

지해는 미래에게 말했다. 미래는 잠시 눈동자를 왼쪽 오른쪽 왔다 갔다 하더니—그애의 버릇이었다—, 할 수 있다면 영상으로 만들어보고 싶다고 했다. 미래는 중학생 때 영상 동아리였는데, 그 당시 선배들에게 한창 촬영과 편집을 배우는 중이었다.

하지만 아무도 관심 없겠지, 말하고 미래가 웃었다.

난 보고 싶은데.

지해가 대꾸했다. 그런 꿈은 도대체 어떻게 생긴 건지 한번만이라도 보고 싶다고 지해는 생각했다.

지해의 꿈은 미래의 꿈과 달리 아주 현실적이었다. 꿈에서도 학교에 가고, 매일 보는 친구들을 만났다. 어떤 날엔 친구들과 아주 맑은 날의 환한 빛 속을 정신없이 깔깔대며 뛰어다녔고, 어떤 날엔 친구들이 유달리 냉담해져서

지해를 쳐다보지도 않고 말을 걸어도 대답하지 않는 꿈을
꾸었다. 그게 악몽이라면 악몽이었다.

　너는 네 꿈으로 하면 되잖아. 너 글 잘 쓰잖아.

　미래가 말했다.

　내 꿈은 재미없어.

　지해는 말했다. 하지만 그때 미래가 덧붙인 말, 너는 글
을 잘 쓴다,는 그 말은 순간 지해 마음속 어딘가에 딱 달라
붙어서 떨어지지 않았다.


　미래를 처음 만난 건 중학교 2학년 때였다. 지해는 미래
가 어떤 아이인지 전혀 몰랐지만, 수업을 듣고 자람과 떠
들고 휴대폰을 들여다보다가도 문득, 창밖의 풍경을 바라
보듯이 가만히 미래를 바라보게 되었다.

　쉬는 시간이면 자연스럽게 아이들이 미래를 둘러쌌다.
미래는 목소리가 크지도 않았고, 어떤 일에도 먼저 나서
는 법이 없었지만 자연스럽게 중심을 차지했다. 애씀 없
이 타인의 마음을 끌어당기는 기운 같은 게 있었다. 아직
선거를 하기도 전인데 누가 반장이 될지 모두가 알고 있

는 분위기였다. 교실은 미래라는 태양을 중심으로 형성된 태양계 같았다.

2학기 때 제비뽑기로 미래와 짝이 된 후, 지해는 누군가와 이렇게 빠르게 가까워질 수도 있다는 사실에 놀랐다. 서먹서먹하게 탐색하고, 판단하고, 한발짝 가까워졌다가 두발짝 물러나는, 지해는 그런 일련의 과정을 자주 피로하게 느끼곤 했다.

미래와는 그런 게 필요 없었다. 그냥 서로 한순간에 스며들었다. 미래를 모르던 과거, 미래와 멀어진 미래를 상상할 수 없었다.

미래는 항상 손에 캠코더를 들고 다녔다. 텔레비전에서 「아메리칸 뷰티」라는 영화를 보고 큰 감명을 받았다면서, 자신도 영상으로 일종의 시를 쓸 거라고 했다. 시가 뭔지는 모르겠지만. 미래는 덧붙였다.

지해는 성인이 된 후에야 그 영화를 보았다. 영화 속에서는 스토킹 혐의로 소년원에 들어가도 하등 이상할 게 없어 보이는 남자애 하나가 항상 캠코더를 들고 다니며 이상한 것들을 잔뜩 찍는다. 죽은 비둘기라든지 옆집 사람들의 은밀한 사생활 같은 것들을.

영화 중간에 그 남자애가 자신이 찍은 영상 중 하나를 다른 등장인물인 여자애한테 보여준다. 흰 비닐봉지가 낙엽과 함께 바람에 춤추는 장면이 한참 동안 이어지고…… 그때 지해는 미래가 무슨 얘기를 하려고 했던 건지 알 것 같았다. 아름다웠다.

*

책상 앞에 앉아 심호흡을 한다.

한 문장만 나아가자, 생각한다.

지해는 몇자를 적었다가 지우고, 몇자를 적었다가 다시 지운 뒤 침대에 드러눕는다. 휴대폰을 들여다보다가 잠깐 존다. 다시 일어나 책상 앞에 앉는다. 몇자를 적고, 또 지우고, 문서를 닫아버린다.

웹 브라우저를 열고 미래의 블로그에 들어간다. 이미 수백 수천번 읽은 글을 또 읽는다. 종이책이었다면 닳아

없어졌을지도 모르겠다고, 지해는 생각한다.

미래의 블로그는 2018년 9월에 멈추어 있다.


고등학교 1학년의 어느 주말에 미래와 통화를 하고 있었다. 그 무렵 미래는 주로 도서관에서 시간을 보내는 듯했다. 읽고 싶은 책을 닥치는 대로 읽고, 보고 싶은 영화를 보고, 땡볕 아래 걸어다니고, 여전히 사소하고 이상한 것들을 캠코더로 찍고 있다고 미래는 말했다. 그러고는 블로그를 시작했다며 지해에게 주소를 알려주었다.

이 블로그를 아는 사람은 너밖에 없어.

미래가 말했다. 알려준 링크로 들어가보니 블로그 이름은 '스푸트니크', 미래의 닉네임은 '라이카'였다. 모든 글은 전체공개로 쓰여 있어 누구든 읽을 수 있었지만, 그 블로그의 주인이 미래라는 걸 아는 사람은 세상에 지해가 유일했다. 그게 기뻤다. 미래가 거짓말을 했을지도 모르지만 그건 중요하지 않았다. 얼마 지나지 않아 지해도 블로그를 하나 개설했다. 지해는 이웃공개로 글을 썼고, 이웃은 미래 한 사람뿐이었다.

블로그는 미래와 지해의 교환일기 같은 것이 되었다. 둘은 오늘 있었던 사소한 일들, 아끼는 책과 영화, 좋아하는 뮤지션과 음반을 공유했다.

내가 쓰면, 미래가 읽는다.

그런 확신이 그때의 지해에겐 있었다. 일기라고는 하지만 수신인이 확실한 그 글들은 오히려 편지에 가까웠다. 지해는 미래에게 무엇인가를 전달하려고 애썼다. 어쩌면 그건 미래에게 잘 보이고 싶은, 미래의 인정을 바라는 달뜬 마음이었는지도 몰랐다.


문예창작과에 진학했지만 정말로 작가가 될 수 있다고는 생각하지 않았다. 대학생활 내내 주목을 받아본 적이 없었다. 소설이 좋다는 소리도, 아주 엉망이라는 소리도 들어보지 못했다. '흠잡을 데는 없지만 매력도 없다.' 합평하면서 가장 많이 들은 말이었다. 구체적으로는 인물들이 밋밋하고, 아무 일도 일어나지 않고, 문체가 특별하지도 않다는 평.

3학년이 끝나갈 무렵 처음으로 신춘문예에 응모했다.

당선되리라고는 당연히 기대하지 않았고, 그저 혹시 본심에 들면 한줄이라도 조금 다른 평을 들을 수 있지 않을까 싶어서였다.

그동안 써두었던 작품들을 서너군데의 신문사에 보냈는데 그중 하나가 본심에 올라갔다. 심사평에는 '평범한 인물의 별 볼 일 없는 일상이, 담백하다 못해 단순하기까지 한 문장들을 통과하며 유일하고 빛나는 것으로 변모한다'라고 적혀 있었다. 늘 듣던 말과 같은 말이 아닌가 싶기도 했지만 그래도 지해는 기뻤다. 무엇보다도 그 일은 지해에게 계속해도 될 거라는 희망이자, 미래의 말이 틀리지 않았다는 확인이었다.

하지만 언젠가 등단을 하게 되더라도 글 쓰는 일로만 먹고사는 것은 불가능하리라는 사실을 지해도 알고 있었다. 졸업 심사 때 한 교수님은 안정적인 일자리부터 구하라고 조언했다. 현명한 조언이기는 했지만 지해가 보기에 그런 건 세상에 없었다.

대기업은 꿈도 꾸지 않았다. 그런데도 채용 사이트에는 신입을 뽑지 않는 회사들이 대부분이었고, 어쩌다 난 신입 공고에 지원하면 서류에서부터 탈락했다. 수없이 많은 아르바이트를 했지만 그건 경력이 아니라고 했다.

아르바이트를 하고, 신입 공고를 기웃거리면서 계속 소설을 썼다. 출판사에서 운영하는 신인상과 신춘문예에도 응모했다. 다시 겨울, 그리고 봄이 왔지만 아무 일도 일어나지 않았다.

어느 날 엄마가 지금이라도 제대로 된 일을 구하는 게 어떻겠냐고 말했다. 글을 쓰지 말라는 게 아니라, 엄마는 말했다.

어디 직장을 구하면 거기서 월급 받고, 퇴근해서 저녁마다 조금씩 쓰면은 네가 훨씬 지내기가 낫지 않을까 해서 그러는 거지. 사람들도 만나고. 응? 좋은 글을 쓰려면 사람 공부를 해야지.

지해는 대꾸했다.

나도 그랬으면 좋겠어. 근데 누가 나를 뽑겠어. 엄마가 사장님이면 날 뽑겠어?

엄마는 잠시 말이 없다가, 그건 모르는 일이라고 했다.

네 마음먹기에 달린 거야.

엄마는 힘주어 말했다. 이제라도 늦지 않았다고. 마음만 먹는다면, 언제든 몇번이고 다시 시작할 수 있다고. 네 젊음과 시간이 아깝다고. 지혜는 발끈했다.

내가 '무엇'에 아깝냐고.

내가 '무엇'을 하거나 하지 않고 있기에 내 시간이, 나도 아닌 엄마가 아까운 거냐고.

엄마는 지혜의 삶을 경로를 이탈해버린, 리셋해야 하는 무엇으로 여기는 것 같았다. 그때 지혜는 그런 엄마에게 화를 내버렸다. 포기하더라도 해볼 만큼 해본 후에 포기해야 후회가 없을 거라고 생각했다.

하지만 이제 지혜는 그때의 자신에게 포기할 수 있을 때 빨리 포기하는 것이 좋다고 말해주고 싶었다.

비현실적인 낙관보다는 그게 나았다.


어두컴컴한 방 안에서 빈 화면을 마주한 채 모니터 앞에 몇시간이고 앉아 있었지만 '완성'이라는 단어는 도달할 수 없는 머나먼 미래의 것처럼 느껴졌다. 점점 책상 앞에 앉기가 두려웠다.

침대에 누워 시간을 허비하는 대신 한 문장이라도 더 썼다면. 공무원 시험을 준비했다면. 자취하지 않고 집으로 돌아갔다면. 엄마가 아빠랑 헤어지지 않았다면. 미래가 내게 그 말을 하지 않았다면.

미래가 아니었다면.
자주 그런 생각을 했다.

*

지해가 서울에 있는 대학에 진학한 후로는 자주 보지 못했지만, 둘은 여전히 종종 전화로 수다를 떨었다. 미래는 어떤 방식으로 사는 게 자신에게 의미가 있을지 고민했다. 세월호 참사 유가족들의 고통을 가까이에서 지켜보면서 그애는 조금 답을 찾은 듯했다. 세상에 의미가 될 만한 일을 하는 것이, 자신에게도 의미가 있을 거라고.

미래의 블로그에 들어가보면 미래가 하고 있는 고민의 흔적을 어렴풋이 따라가볼 수 있었다. 흩어지고 잊힌 사실의 조각들을 한데 모으면 진실에 가까운 무엇이 되지 않을까, 하는 질문은 사실들을 한데 모은다고 그게 진실이 될까, 하는 질문으로 이어졌다.

모은 조각들을 어떻게 배치하고 편집할 것인가. 오롯한 진실만을 담는다는 건 애초에 기만적인 생각이 아닐까. 잘 표현된 허구, 핵심을 비껴가는 이미지를 함께 엮을 때 오히려 이야기하고자 하는 바를 더 효과적으로 전달할 수 있지 않을까. 그애의 질문은 그런 식으로 나아가고 있었다.

이제 지해는 미래가 쓴 글들을 볼 때마다 소설이란 게 뭔지도 모르는 채로 소설을 쓰는 자신이 한심하게 느껴졌다. 점점 미래의 블로그에 들어가지 않게 되었다. 자신의 블로그도 비공개로 바꾸었다. 어느 날 미래가 문자를 보내 요즘엔 왜 블로그를 안 하느냐고 물었다. 지해는 학교 다니고 일하느라 바쁘다고 했다. 사실이 그렇기도 했다.

마지막으로 만났을 때는 미래가 학교로 찾아왔다. 나래와 호주로 워킹홀리데이를 갔다가 돌아온 지 얼마 되지 않았을 무렵이었다. 지해는 4학년이었고, 신춘문예 본심에 오른 후 이상한 희망에 사로잡혀 있던 때였다.

정문 근처 등나무 그늘에 앉아 있던 미래의 뒷모습. 오랜만에 마주한 그애는 조금 야위었나 싶기도 했고 피부가 햇볕에 그을렸나 싶기도 했었다. 기운이 넘치지는 않았지만 눈빛은 언제나처럼 선명했고.

학교 근처 밥집에 미래를 데려갔다. 밥을 다 먹은 뒤에는 아이스 아메리카노를 테이크아웃해서 학생회관 앞 벤치에 앉아 마셨다.

미래는 다큐멘터리를 만들어보고자 이런저런 시도를 하는 중이라고 했다. 호주에서 한국 청년들을 많이 만났고, 거리를 두고 한국사회를 돌아보니 안 보이던 것들이 보이기도 하고 생각해볼 것들도 무척 많아졌다고 했다.

연애 얘기도 조금 했다. 미래는 누구를 사랑하면 왈칵 쏟아붓듯이 했고 그에 대해 지해한테 시시콜콜 얘기하는 걸 좋아했다. 긴말 없이, 미래는 이제야 누군가를 '정말로' 사랑하게 되었다고 했다. 그 말을 하는 미래의 얼굴이 낯설었다. 누군가를 사랑하는 게 핑크빛 꽃놀이가 아니라는 걸 알아버린 사람의 신산한 표정.

그때 지해는 한 시절이 끝났다는 걸 알았다.


*


미래의 장례를 치른 후, 지해는 이렇게 누워만 있어도 괜찮을까 싶게 계속 누워만 있었다. 그게 뭐든지 간에 한 방울도 남김없이 소진한 느낌. 아무것도 하고 싶지 않았고, 한 문장도 쓸 수 없었다.

자람은 항상 전화해서 비음 섞인 목소리로 뭐 해? 하고 물었다. 그때마다 지해는 그냥 있어, 하고 대답했는데, 그게 거짓말이 아니라서 언제나 좋았다.

그날 자람은 처음으로 뭐 해? 하고 묻지 않았지.

미래의 장례식장에서 상복을 입은 나래와 나래의 부모님을 보았을 때, 텅 비어버린 그들의 얼굴을 보았을 때 지해는 자신이 지금까지 그 무엇도 진심으로 사랑하지 않았다는 걸, 사랑하는 것을 완전히 잃어본 적이 없었다는 걸 깨달았다.

나래가 얼마 지나지 않아 학교로 돌아갔다는 얘기를 들었을 때 지해는 불안했다. 가끔 예상치 못한 순간에 다른 차원에 가 있는 것처럼 멍하게 생각에 빠져 있곤 하는 자람의 옆얼굴. 손 흔들고 뒤돌아서던 미래의 뒷모습이 떠올랐다.

모두가 외줄타기를 하는 것 같았다. 눈을 마주치고, 눈빛을 나누지만 각자의 외줄 위를 걷고 있어서 서로 떨어지지 않도록 잡아줄 수가 없다.

나는 네가 지금 어디를 걷고 있는 줄 알아. 삐끗해서 떨어져버릴 것만 같은, 떨어져서 바닥에 부딪혀 산산조각 날 것만 같아 무서운 마음을 알아.

한편으로 저 아래는 너무 깊고 어두워서 바닥이란 게 없을 것 같기도 하고, 그냥 몸에 힘을 풀어버리면 다 평온해질 것 같은 기분이 든다는 것도.


사람들을 거의 만나지 않았다. 가끔 엄마와 통화했고 자람이 몇번쯤 집으로 찾아온 것이 전부였다.

그저 미래의 블로그를 샅샅이 읽고 또 읽었다. 마지막

만남에서 읽어내지 못한 기색을, 어떤 징후를, 아주 조그만 단서라도 발견할 수 있기를 바라면서.

미래는 하루에 두편의 글을 쓰기도 했고 어떤 때는 몇달 동안 쓰지 않기도 했다. 여름에 가장 자주, 길게 글을 썼고 겨울에 쓴 글들은 분량도 짧고 문장도 단순했다. 혼란스러워하고 있다는 것만은 확실했지만, 그래도 지해는 그 글들의 기저에 비관보다는 낙관이 깔려 있다고 느꼈다. 한문장 한문장이, 그애의 빛나던 눈동자처럼 모두 삶쪽을 향해 반짝이고 있는 듯 보였다.

누워만 있어도 월세와 학자금 대출 이자는 꼬박꼬박 빠져나갔다. 모아둔 돈이 거의 다 허물어져가고 있다는 걸 깨닫고, 지해는 남은 기력을 모두 끌어모아 편의점 주말 아르바이트를 구했다.

평일에는 슬라임 장난감처럼 푹 퍼진 채로 매트리스에 붙어 있었다. 유통기한이 지나 폐기로 빼둔 삼각김밥을 가져다가 냉장고에 넣어놓고 조금씩 먹었다. 다시 주말이 되면 박음질한 실을 떼어내듯 한땀 한땀 몸을 일으켜 일하러 나갔다.

살아 있고, 삶을 부지할 수 있을 만큼의 돈을 벌고, 그 돈을 쓴다.

누군가가 쓴 걸 읽고, 글을 쓴다.

돈을 '쓴다'와 글을 '쓴다', 모양이 같은 두 동사는 둘 다 한없이 소모적이었고, 그것이 지해를 두렵게 했다. 지해의 위는 삼각김밥만큼 쪼그라들었고, 삶도 덩달아 쪼그라들었다.

외출이라고는 주말에 알바를 하러 나가는 것뿐이었는데도 코로나에 감염되고 말았다. 점장은 마치 기다렸다는 듯 지해에게 그만 나오라고 했다. 새로 사람을 구하는 대신 자신이 직접 일할 거라고 했다. 그는 이미 평일 야간에도 일하고 있었다.

그때부터는 아예 아무 생각을 안 했다.

SNS를 들여다보면 사람들이 살아가는 세계와 자신이 살아가는 세계가 서로 다른 우주에 속해 있는 것처럼 느껴졌다. 지해는 차라리 미래의 블로그에 들어가 미래가 오래전에 쓴 글들을 읽고 또 읽으며 시간을 보냈다.

그래, 여기가 우리가 속한 우주.

우리는 우리의 궤도를 따라 돌지.

이불 밖은 너무 추웠고, 자도 자도 계속 졸렸다. 날짜와 요일을 가늠하지 못했다. 코로나로 인한 전세계 사망자 수가 3백만명이 넘어섰다는 뉴스가 포털 메인에 떠 있었다. 3백만이 도대체 얼마만큼인지 지해는 가늠조차 할 수 없었다.

그렇다면 지금 울고 있는 사람은 대체 몇명일까.

미래야. 이 행성의 대기는 여전히 불온해.

2014.08.04. 03:20

빗소리에 잠을 깬 걸까. 아무튼 비가 오고 있었다.

열려 있던 창문을 닫다 말고 빗소리를 한참 들었다.

무섭게 쏟아지다가 약하게 잦아들다가를 반복한다.

그 패턴에 집중하고 있자니 이 비가 그칠 때까지 잠들 수 없을 것만 같다.

비가 잦아들 때면 어디선가 개구리 울음소리가 들려온다.

빗소리 때문에 듣지 못했을 뿐 아마도 계속 울고 있었을 것이다.

많은 것들이 잘못되어간다. 이미 잘못되어 있는 것들은 물론이고 많은 것들이 나아지기보다는 나빠지기만 한다.

그 와중에도 어떤 것들은 좋아지고 있는 것이 분명한데, 그것은 그를 위해 폭우 속으로 뛰어드는 이들의 용감함 덕분이다.

도망치지 않고 시커먼 먹구름 아래 우산도 없이 서 있기로 선택한 이들의 선택과

들리지 않아도 함께 소리 질러 울기로 결심한 이들의 결심 때문이다.

그저 이런 것들을 바라고 원해도 괜찮은 걸까.

이렇게 안전한 네개의 벽과 지붕 아래 비가 들이치지 않도록 창문을 꼭꼭 닫고 누운 채로, 그러나 잠들지 못한다면 그것은 깨어 있어야 한다는 뜻이 아닐까.

또다시 지붕을 뚫을 듯이 비가 쏟아진다.

살아 있다는 것이 미안하고 미안한 새벽.

누군가를 위해 울어주고 싶다.

5 자
  람

자람은 처음으로 휴게소를 그냥 지나쳤다.

늘 여기서 멈춰 커피 한잔을 마시고, 배고프면 끼니를 때우기도 했다. 왕돈가스가 꽤 맛있었다. 화장실에 들렀다가 한쪽에서 팔도 휘휘 젓고 허리도 몇번 돌렸다. 몇시간쯤 쉬지 않고 달려온 사람처럼. 심호흡을 몇번 하고 다시차에 올라타, 분기점에서 방향을 돌려 다시 집으로 돌아가곤 했다.

빗줄기가 굵지는 않았지만 아까 집을 나설 때부터 지금까지 멈추지 않고 비가 내리고 있었다.

아마도 그래서일 것이다. 날이 궂어서, 기분이 좋지 않아서. 민서가 수업 삼십분 전에 메시지를 보냈다. 오늘은 내키지 않네요, 하고.

자람은 오전부터 레슨 두개를 마치고 바삐 집으로 돌아가 샤워를 했다. 고데기로 만진 머리가 마음에 들지 않아 다시 한번 감고, 아끼는 향수도 뿌렸다. 화장하고 옷을 고르는 데만 한시간 반을 썼고 혹시 길이 막힐지도 모른다는 생각에 일찍 출발했다. 민서에게 연락이 왔을 때는 이미 민서의 오피스텔에 거의 다다른 상태였다.

울화가 치밀었지만, 민서를 향한 것은 아니었다.

민서 말고도 갑자기 레슨을 취소하는 수강생들은 종종 있었다. 스케줄을 변경하려면 하루 전에는 연락해야 하며, 한달에 두번 이상은 안 된다고 프로필에 공지를 달아놓아도 소용없었다.

적어도 하루 전에는 연락을 주시면 좋겠습니다, 메시지를 보내면 대개는 알겠다고, 미안하다고, 이번 한번만 횟수를 차감하지 않으면 안 되냐고 물었다. 안 된다고 하면 돌변해 수강을 취소하고 환불을 요구하거나 별점 테러를 하는 경우를 몇번 겪으면서 자람은 그냥 그러려니 하고 넘어가는 법을 배웠다.

자람도 수업을 하기 싫을 때가 종종 있었기 때문에 가끔은 갑작스러운 취소 통보가 기쁘기도 했다. 다행이네요, 마침 저도 별로 하고 싶지 않았거든요, 그렇게 답신을 보내고 싶었다.

하지만 오늘만큼은 그러려니가 되지 않았다. 민서와의 레슨이 있는 날에는 수업시간 직전까지도 언제 취소할지 모른다는 마음의 준비를 하고 있었지만, 오늘만큼은 민서가 그러지 않을 거라고 확신했기 때문에.


지난주에 수업을 마치고 자리에서 일어서는 자람에게 민서가 대뜸 물었다.

좋은 위스키를 하나 선물 받았는데 맛보실래요?

전 위스키 맛을 잘 몰라서…… 하는 자람의 말을 자르고 민서가 말했다.

저도 몰라요. 좋은 거라고 하니까 좋은 건가보다 하는 거죠, 뭐.

민서가 그렇게 말하며 부엌으로 갔다. 소파 위에 엎드

려 있던 퍼지가 가볍게 뛰어내려 톡톡톡톡 발소리를 내며 민서를 따라갔다. 여기 간식이 있거든요, 하고 민서가 웃었다.

안 돼. 오늘 많이 먹었잖아.

민서가 퍼지에게 엄하고 다정하게 말했다. 그러고는 자람에게 이것 좀 보세요, 했다.

자람이 부엌으로 다가가자 열린 찬장 안으로 빼곡한 잔들이 보였다. 맥주잔, 하이볼잔, 막걸리잔과 소주잔이 종류별로 다양하게 있었다.

근데 위스키잔은 없답니다.

민서는 웃으며 찬장에서 조그마한 맥주잔을 두개 꺼내 잔의 3분의 1쯤 위스키를 채우고 자람에게 건넸다.

자람은 코를 대고 향을 한번 들이마셨다. 저절로 이마가 찡그려졌다. 민서가 쿡 하고 웃었다. 그러고는 자신도 한모금 마시더니 이내 우웩, 하는 소리를 냈다. 이번에는 자람이 깔깔 웃음을 터뜨렸다. 잠시 함께 웃는 동안 자람은 몸속 어딘가가 뜨거워지는 것을 느꼈는데, 그게 위스키 때문인지 다른 무엇 때문인지 헷갈렸다.

하이볼을 만들어 먹는 게 낫겠어요.

민서가 말했다. 하지만 레몬도 없고 토닉워터도 없다고 했다. 제가 차로 금방 가서 사올게요, 자람이 말하자 방금 술 마셨잖아요, 하고 민서가 대꾸했다.

그제야 퍼뜩 정신이 들었다. 운전해서 돌아가야 하는데 무슨 생각으로 위스키를 덥석 받아 마신 걸까, 자람은 어이가 없었다. 민서는 또 무슨 생각으로. 하지만 이내 민서한테는 대리 기사를 부르는 게 자주 있는 일이라서 그랬는지도 모르겠다고 생각했다.

민서는 근처에 마트가 있으니 자신이 얼른 가서 사오겠다고 했다. 그냥 다음에 마셔요,라고 말해야 할 것 같았지만 자람은 같이 가요,라고 말해버렸다. 민서가 카디건을 걸쳐 입었고 두 사람은 함께 엘리베이터를 타고 일층으로 내려갔다.

마트는 걸어서 오분 거리에 있었다. 둘은 레몬과 토닉워터에 안주로 먹을 크래커도 하나 샀다. 당근과 바나나를 들고 이게 더 낫다느니 저건 흠집이 있다느니 티격태격했다. 위스키 한모금에 취한 건지 브로콜리에 붙은 가

격표 스티커에 '부록걸이'라고 적혀 있는 걸 보고 배꼽을 잡고 웃기도 했다.

민서는 이것도 필요하고 저것도 필요하다고 했다. 마트에 온 김에 고무장갑과 생리대와 그밖에 다양한 것들을 커다란 비닐봉지가 가득 차도록 샀다. 꽤 무거워서 둘이 손잡이를 한쪽씩 나눠 들고 돌아왔다.

엘리베이터에 올라타 민서가 버튼을 누르는 순간 자람은 갑자기 왈칵 눈물이 날 것 같았다.

이게 내 일상이었으면 좋겠다.

자람은 생각했다. 민서와 함께 퍼지를 산책시키고 저녁에 요리해 먹을 식재료를 사서 나란히 집으로 돌아가는, 이런 게 나의 매일이었으면 좋겠다고.


하이볼을 꽤 여러잔 마셨다. 다음 날 깨어보니 집으로 돌아와 있었다. 차 뒷좌석에 올라타서 창문을 내리고 민서를 향해 몇번이고 손을 흔들었던 기억이 조금씩 돌아왔다. 뒤이어 창밖으로 스쳐지나가던 가로등 불빛과 여자 대리 기사님의 허스키한 목소리가 조각조각 떠올랐다.

자람은 안심했다. 민서에게서 괜찮냐고 묻는 메시지가
와 있었고, 민서의 인스타그램에는 사진까지 올라와 있었
으니까. 테이블 위의 하이볼 두잔과 그 옆의 접시에 놓인
육포 하나를 뚫어져라 쳐다보고 있는 퍼지. 퍼지 옆에 누
군가의 어깨가 있었다. 자람의 것이었다.

그래서 오늘만큼은 아닐 줄 알았다.

오늘만큼은, 민서가 비가 아니라 심지어 태풍이 오더라
도 자람을 만나고 싶어할 줄 알았다.

이대로 집으로 돌아가고 싶지 않았다. 자람은 액셀을
조금 더 힘껏 밟았다.

고통 없이 누군가를 사랑하는 게 가능한 일일까.

자람은 그게 궁금했다.

\*

중학생이 된 지해는 키가 조금 더 자랐고, 머리도 기르
기 시작했다. 지해를 좋아한다는 남자애들이 여기저기서
속출했다. 사복을 입고 걸어다니면 모르는 아저씨가 말을

걸기도 했다. 나이를 묻고는 대학생인 줄 알았다고 했다. 그나마 위안이 되었던 것은 지해가 남자를 사귀는 일 따위에 별로 관심이 없었다는 것.

문제는 미래였다.

자람을 내려다보며 자람이 넌 속눈썹이 진짜 길다, 하고 감탄하던 지해.

자람은 이제 지해가 더는 첼로 가방을 들어주지 않아도 될 만큼, 지해보다도 더 크게 자라 있었다. 가끔 자람은 지해의 짧고 짙은 속눈썹을 내려다보며 그것을 손가락으로 쓸어보고 싶다고 생각했다. 하지만 지해는 자람보다 미래와 더 친하게 지내고 싶어하는 것 같았다.

자람은 저 멀리 미래와 지해가 나란히 앉아 이런저런 얘기를 주고받고 킥킥대는 걸 볼 때마다 울고 싶은 기분이 들었다. 일부러 책상에 얼굴을 파묻고 자는 척을 했다. 그러다 진짜로 자기도 했다. 자람은 자주 졸렸다. 한꺼번에 몸이 자라는 건 너무 피곤한 일이었다.

미래는 지해와 자람뿐 아니라 반에 있는 아이들 모두에게 다정했다. 그런 애가 반장을 하는 거겠지. 모두가 그애를 좋아했다. 지해도 그럴 것이었다. 자람은 자신도 모르게 지해에게 심술궂게 굴었다. 미래에게는 더했다.

언젠가 지해가 학교에 결석한 적이 있었다. 미래는 여느 때처럼 자람의 자리로 와서 점심을 먹으러 가자고 했다.

왜, 딴 애들이랑 먹어. 먹을 사람 많잖아.

미래가 의아한 표정을 지었다.

밥 안 먹을 거야?

나는 뭐 같이 먹을 사람 없을까봐?

보통은 그런 유치한 공격에 토라져 돌아서기 마련인데, 미래는 그냥 웃었다. 그리고 자람에게 다시 한번 그러지 말고 밥 먹으러 가자고 했다. 자람은 마지못해 자리에서 일어나 미래와 함께 급식소로 갔다. 내내 눈을 내리깐 채 밥을 먹고, 다 먹은 뒤에는 미래가 매점에서 딸기우유를 사먹자고 하는 말에도 싫다고 했다. 미래가 혼자 매점에 들어간 사이 자람은 발로 화단의 덤불을 툭툭 차고 있었다. 그냥 화가 났다.

미래는 딸기우유 두개를 사왔다.

안 먹는다 그랬잖아.

먹어.

자람과 미래는 등나무 그늘 밑에 나란히 앉아서 아무 말 없이 빨대로 달콤한 우유를 빨아 먹었다. 아이들이 삼삼오오 팔짱을 끼고 운동장을 빙빙 돌고 있었다.

괜찮아.

갑자기 미래가 말했다. 자람은 미래를 돌아보았다.

너는 나를 미워하는 게 아니고, 지해를 좋아하는 거잖아. 너무 많이.

자람은 얼굴이 새빨개졌다. 그러고는 눈가가 뜨끈하더니, 순식간에 눈에서 눈물이 찔끔 삐져나왔다.

……들킬까봐 무서워. 잃어버릴까봐.

내내 품어온 마음을 입 밖에 꺼내놓자마자 막힌 둑이 무너지듯 으에엥, 하고 눈물이 터졌다. 미래는 자람의 어깨를 토닥토닥 두드려주었다.

태어나서 처음으로 완전히 이해받았다는 기분.

미래는 자람이 부탁한 대로 자람의 마음을 비밀에 부쳐주었다. 시간이 흐르면서 자람은 괜찮아졌다. 두려운 마음도, 간절한 마음도 모두 무뎌졌다. 이후로는 누구도 그렇게까지 좋아해본 적이 없었다. 사는 게 버거워서 연애 같은 것은 사치처럼 느껴졌다. 민서를 만나기 전까지는.

*

이렇게 쉬울 일인가.

생각보다 너무 쉽게 강릉에 도착했다.

오는 길에 비는 그쳤지만 오전 내내 내린 탓인지 주말인데도 바닷가는 한산했다. 식당들이 하나둘씩 불을 켜기 시작하고 있었다. 저녁식사 시간이 가까웠는데도 손님이 들어차 있는 곳은 없었다. 그중 한곳에 들어가서 회덮밥을 시켜 먹었다. 식사를 마치고 밖으로 나와 해변을 따라 조금 걸었다.

나무로 된 흔들그네에 맺힌 빗물을 대충 닦아낸 후, 자람은 거기 앉아 옅은 분홍빛으로 물든 하늘과 잔잔한 파도를 바라보았다. 바다에 온 게 십년 만이구나, 생각했다. 지해랑 같이 올걸 그랬다고 생각했고, 또 미래를 생각했다. 그때는 당연히 그런 날들이 앞으로 수없이 남아 있는 줄 알았지.

자람은 갑자기 하릴없이 쓸쓸해졌다. 자람의 등을 토닥
토닥 두드리던 미래의 손길이 떠올랐다. 미래가 죽은 후
로 자람은 더는 허벅지를 긋지 않았다.


돌아가야지. 자람은 차를 세워둔 곳을 향해 걸었다. 길
에는 홍게와 대게집, 생선구이집, 그리고 느닷없이 '전주
식당'이 하나 있었고, 그 옆에 '애비뉴 할인마트'라는 상
호의 이상한 가게도 있었다. 폭죽과 돗자리, 반바지와 셀
카봉에 삼겹살도 팔고 민박집까지 겸한다고 적혀 있었다.

돌아갈 때 마실 물이라도 한병 살까 싶어 가까이 다가
가자, 가게 앞에 텅 빈 수조 여러개가 있는 것이 보였다.
그중 하나에서 해산물이 아닌 새끼 고양이 두마리가 놀고
있었다. 한마리는 턱시도 무늬였고 다른 한마리는 몸 전
체가 가로줄로 덮인 고등어 무늬였다. 눈병이 있는지 두
마리 다 눈곱이 잔뜩 끼어 있었다. 자람은 지저분한 유리
너머로 고양이들을 들여다보았다.

잠시 후 가게 안에서 아주머니 한분이 나오더니, 근처

에 살던 어미 고양이가 여기다 새끼를 낳고는 얼마 안 가 교통사고로 죽었다고 말했다. 그러고는 고등어 무늬 고양이를 들어올려 자람에게 건넸다. 새끼 고양이는 한 손 안에 쏙 들어왔다. 울지도 않고 발버둥만 쳤다. 하찮은 발톱이 손등을 긁었다. 자람은 별 뜻 없이 생각했다.

얘는 털이 좀 푸르스름하니까 해삼.

쟤는 좀 멍하게 생겼으니까 멍게.

그때 아주머니가 말했다.

언니가 데려가. 만원.

그냥 키우시는 건 줄 알았어요.

자람은 손사래를 쳤다.

그럼 공짜로 줄 테니까 데려가.

자람이 고양이를 수조 안에 다시 내려놓자 아주머니는 참을성을 잃은 듯 안으로 들어가버렸다. 자람은 돌아서서 차를 향해 걸었다. 걷다 말고 지해한테 전화했다.

뭐 해?

그냥 있어, 지해가 대답했다. 지해는 항상 그렇게 대답했다.

144

나 강릉 왔어.

강릉? 강릉에 왜 갔어.

그냥 왔어.

뭐 해.

회덮밥 먹었어.

잘했네.

자람은 잠시 망설이다가 지해야, 하고 말했다.

있지, 여기 이상한 가게가 있는데, 수조 안에 새끼 고양이가 두마리 있어. 키우는 건 줄 알았는데 나보고 데려가래.

그래?

응. 데려가고 싶다.

데려가면 되잖아.

지해 네가 키울래? 나 가끔 놀러 가서 같이 놀게. 내가 사료 보낼게.

지해가 코웃음 쳤다.

이참에 너도 독립해. 고양이들이랑 살아.

그럴까.

안 될 게 뭐야. 나도 하는데.

지해가 말했다.

그런가. 안 될 게 없나. 그러고 보니 지난번 우람과 통화할 때 우람도 그랬지. 누나 나이가 몇인데 엄마 때문에 독립을 못한다는 게 말이 되냐고.

어차피 24시간 붙어 있지도 못하잖아.

우람이 말했다. 그건 그랬다. 밖으로 나다니는 시간이 더 길었다.

나도 누나도, 엄마 지키는 사람 아니야. 엄마는 엄마 스스로 지켜야 하고.

우람의 말에 자람은 그게 무슨 정 없는 소리냐고 했다. 아빠가 지금 어떤 상태인지 몰라서 그런다고. 입바른 소리 한다고.

그러다 정말로 무슨 일이라도 생기면. 너 후회하지 않을 자신 있어?

응. 난 있어.

우람은 단호하게 말했다. 그리고 덧붙였다.

누나는 그렇게 살다가 후회 안 할 자신 있어?

자람은 금옥이에 올라타 시동을 걸다가 말고, 다시 차에서 내렸다. 아까 그 가게로 돌아갔다. 고양이들은 여전히 그대로 있었다. 한마리만 데려가면 남은 한마리가 눈에 밟힐 것 같았다.

해삼인가. 멍게인가.

둘 다 데려가든지, 아니면 둘 다 내버려두든지. 둘 중 하나였다.

2016.10.28 02:40

분명히 보고 싶은 어떤 것들은 언제나 희미하고

보고 싶지 않은 것들만 지나치게 분명한 세상이라고 새삼스럽게. 생각한다.

어제 내가 믿었던 진실은 오늘의 내게는 아무것도 아닌 것 같다.

어제 내가 지키고 싶어했던 것들을 오늘의 나는 경멸한다.

나는 혼란스러워하기 위해 태어났는지도 모른다.

매일 이삿짐을 쌌다 풀었다 하는 기분이다.

오늘은 온갖 열망들로 발 디딜 틈이 없다가,

내일은 몽땅 트럭에 실어서 어딘가로 보내버리고 싶다.

이렇게 짐만 쌌다 풀었다 하면서, 살지도 떠나지도 못한 채로 생을 다 써버릴까봐 겁이 난다.

언젠가 그렇게 적었다.

내가 가진 표정들을 하루에 한번씩은 다 지으면서 살고 싶다고.

그런데 내 표정들은 다 어디로 갔을까.

내 웃음 내 눈물 내 분노는 다 어디로 갔을까.

살아 있다면 좀더 살아 있어야 하는 게 아닐까.

아무리 적어도 비워도 밤사이 내리던 눈처럼 어느새 도로 쌓여 있다.

　　낮에 미처 녹지 못한 것들은 이렇듯 미끄럽게 다져져 나를 위태롭게 한다.

　　넘어지지 못하는 것은 넘어지는 것보다 통쾌하지 못하잖아.

6 　지
　　해

도서관 3층에 있는 자료실에서 잠시 책을 구경하다가 한권을 골라 대출했다. 여느 때처럼 2층에 있는 카페에서 커피를 사고, 도서관 마당의 벤치에 앉아 책을 읽을 참이 었다. 계단을 내려가는데, 올라오던 용이씨와 딱 마주쳤 다. 지해는 깜짝 놀랐다.

용이씨 역시 멈칫했다. 당신이 왜 여기에? 잠시 그런 눈 빛으로 서로를 쳐다본 것 같았다.

용이씨는 꾸벅 인사하고는 지해를 지나쳐 계단을 올라 갔다. 지해는 카페로 들어가 따뜻한 아메리카노를 주문했 다. 커피값이 저렴해서 항상 손님이 많았기 때문에 커피가 나오기까지 언제나처럼 조금 기다려야 했다.

커피를 받아들고 카페를 나서는데 이번에는 계단에서 내려오던 용이씨와 또 맞닥뜨리고 말았다. 용이씨가 멋쩍게 웃었다. 두툼한 책 두권을 품에 안은 채였다. 순간 지해는 알 수 없는 용기가 샘솟았다.

……커피 드실래요?

지해가 작은 목소리로 물었다.

당연히 거절할 줄 알았던 용이씨가 선뜻 네, 하고 대답했다. 지해 손에 들린 텀블러를 보더니 자신도 커피를 사오겠다며 카페 안으로 들어갔다. 잠시 후 아이스 아메리카노를 들고 나온 용이씨와 함께 지해가 주로 앉는 벤치를 향해 걸었다. 용이씨는 몇발짝 떨어진 채로 지해를 따라왔다.

내가 왜 커피를 마시자고 했지, 무슨 얘기를 하지, 후회되었다. 용이씨가 그러겠다고 할 줄 몰랐지. 늘 앉던 벤치에 나란히 앉았다. 시선이 닿는 곳에서 오늘도 그네 할머니가 그네를 타고 있었다.

이 시간에 항상 저러고 계세요.

지해가 그쪽을 가리키며 말했다.

용이씨도 그쪽을 보더니 픕, 하고 웃었다.

강아지도 같이 타네요.

지해도 웃으며 고개를 끄덕였다. 일 마치면 항상 여기에 와서 커피 한잔 마시고, 할머니랑 강아지가 그네 타고 있는 걸 본다고. 그러면 왠지 안심이 된다고. 어쩌다 비 오거나 할머니가 안 보이는 날에는…… 지해가 뒷말을 흐리자 용이씨가 지해를 쳐다보았다.

쓸쓸해져요.

용이씨는 천천히 고개를 끄덕였다. 정말 그렇겠네요,라는 듯이. 그러더니 갑자기 자신의 옷소매를 코로 가져가서 킁킁 냄새를 맡았다.

반찬 냄새 나지 않아요?

아. 이거, 이거예요.

당신 냄새가 아닙니다, 하듯 지해는 캔버스백에서 주섬주섬 비닐 팩을 꺼냈다.

매미 아주머니가 챙겨주신 거예요. 어제 돼지고기 남은거랑 김치 볶아주셨어요.

지해가 말했다.

매미…… 아주머니요?

아. 작은이모님이요. 제가 속으로 만날 그렇게 불러서.

용이씨가 웃었다.

왜 매미예요?

고목나무. 매미.

그럼 큰이모님이 고목나무예요?

네. 나무 아주머니.

지해는 조금 쑥스러워하며 말했다. 좋네요, 좋은 별명
이에요, 하며 용이씨가 웃었다.

근데 난 그거 안 주셨는데. 이모님이 지해씨를 예뻐하
나봐요.

살 좀 쪄, 살찌라고! 하면서 주셨어요.

지해가 말하자 용이씨가 눈가를 둥그렇게 휘면서 또 웃
었다. 잠시 그렇게 웃다가 갑자기 어색해졌다. 그네 할머
니가 그네에서 일어나 강아지를 바닥에 내려놓고 엉덩이
를 툭툭 터는 게 보였다.

그건 무슨 책이에요? 엄청 두껍네요.

지해가 묻자 아, 이거요, 하고 용이씨가 옆에 내려두었
던 책 한권을 집어 표지를 보여주었다. 두툼한 하드커버
였는데 표지에 '전통 목가구'라고 쓰여 있었다.

저는 목수예요.

용이씨가 말했다. 지해의 눈이 휘둥그레졌다.

목수요?

용이씨가 고개를 끄덕였다.

일 마치면 버스 타고 공방에 가요.

대학에 가지 않고 곧장 목공 일을 배우기 시작했다고 했
다. 지해는 동네 목공방에 우드카빙 클래스나 도마 만들
기 클래스 같은 포스터가 붙어 있던 것을 떠올렸다. 하지
만 용이씨는 자기네 공방은 그런 공방은 아니라고 했다.

그냥 커다란 창고예요. 나무들 잔뜩 쌓여 있고요. 먼지
장난 아니고, 난방도 안 돼요.

자신만의 공방을 차릴 형편은 안 되어서 아는 형들이랑
같이 창고를 빌려 사업을 준비하고 있다고 했다. 자신은
사업할 만한 성격은 못 되고, 형들이 하면 옆에서 만드는
것만 함께하기로 했다고. 용이씨는 지해가 묻지 않은 것

까지 조곤조곤 곧잘 이야기했다. 그러고는 자신은 할 만큼 했다는 듯한 얼굴로 지해를 쳐다보았다. 아무것도 묻지 않았으면서, 대답을 기다리는 사람처럼.

저는……

지해는 잠시 망설이다가 말했다.

글을 써요.

잘 모르는 이에게 자신이 글 쓰는 사람이라고 소리 내어 말해보는 것은 처음이었다.

글? 어떤 글을 쓰세요?

주로…… 소설이요.

그럼 소설가예요?

아뇨, 그냥 쓰는 거예요.

소설 쓰면 소설가 아니에요?

용이씨가 고개를 갸웃했다. 소설로 얻은 수입이라곤 0원이라서, 지해가 주절주절 변명하듯 말했다. 용이씨가 갑자기 푸핫, 하고 웃었다.

아, 미안해요. 실은 저도 가구 만들어서 번 돈이 작년에 한 백만원 되나? 그럼 한달로 치면……

용이씨는 머릿속으로 계산해보는 듯하다가 이내 관두고는 말했다.

가구 팔아서 번 돈보다 식당에서 받은 월급이 많지만, 그래도 저는 목수예요. 평생 목수로 살 거고요. 전 좋은 목수가 되고 싶어요.

어떤 목수가…… 좋은 목수예요?

좋은 가구를 만들려고 노력하는 목수요.

용이씨는 망설임 없이 말했다.

어떤 게 좋은 가군데요?

선문답하듯 지혜는 자꾸 물었다. 용이씨는 무언가 답을 알고 있을 것 같았다.

……음, 제가 사업가라면 사람들이 많이 사고, 이윤을 많이 남길 수 있는 가구가 좋은 가구겠죠? 제가 장인이면, 가구를 쓰는 사람이 불편함 없이 사용하면서도 오래도록 튼튼한 가구가 좋은 가구일 거예요. 제가 작가라면, 보기에도 멋있고 뭔가 스토리가 있는 작품을 만들고 싶을 것 같고요.

용이씨는 천천히 말을 고르며 말했다.

근데 저는 그냥 제가 즐겁게 만들 수 있고, 사용하는 사람도 부담 없이 편안하게 사서 쓸 수 있는 게 좋은 가구라고 생각해요. 즐겁다는 게 힘들지 않다, 그런 게 아니라 고생스러우면서도…… 동시에 대체할 수 없는 기쁨을 주는, 뭐랄까, 과정이 선물이 되는…… 그런 거?

*

집으로 돌아가는 대신 지하철을 탔다. 1호선으로 갈아탄 뒤에 다시 한번 버스로 갈아탔다. 엄마 집에 가기로 했다. 왠지 그러고 싶은 마음이 들었다. 가는 길에 내내 용이 씨가 했던 말을 곱씹었다.

과정이 선물이 되는, 그런 것.

그해 봄, 지해를 구한 것은 다름 아닌 김밥이었다.
얼마나 누워 있었던 걸까. 문득 방 안으로 들이치는 햇살의 결이 조금 다르게 느껴졌다. 몸을 일으켜 창문을 열자 공기가 상쾌했다. 밖으로 나가고 싶다는, 차가운 공기를 폐가 찢어질 듯 깊숙이 들이마시고 싶다는 생각이 들었다.

아주 오랜만에 야구모자를 눌러쓰고 집 밖으로 나섰다. 눈곱도 떼지 않은 채로 동네를 어슬렁거리다, 예전에 가끔 들르던 김밥집 앞에 멈춰 섰다. 굳이 또 먹어야겠다는 생각까지는 들지 않아도 한끼 때우기에는 무난했던 곳. 지해는 자신이 그 김밥집의 존재를 완전히 잊고 있었다는 걸 깨달았다. 테이블이 하나도 없는 포장 전문점이라 그나마 코로나의 칼바람을 견디고 있는 듯했다.

어쨌거나 살아남았군요.

저도 그렇습니다.

사장님에게 악수를 건네고 싶었다. 인사 대신 김밥이라도 사먹을까 싶어 안으로 들어서려던 지해는 유리문에 붙은 구인공고를 보았다. 가게 안으로 들어갔다. 김밥 한줄 달라는 말 대신, 일하고 싶다는 말이 튀어나왔다.

사장님은 나이도 학력도 묻지 않았다. 집이 가까운지, 시급에 만족하는지, 다음주부터 일할 수 있는지만을 물었다. 이후로도 사장님은 지해에게 부모님이 무슨 일을 하는지, 애인은 있는지, 앞으로 어떻게 살아갈 생각인지 같은 것들은 묻지 않았다.

손님들에게 어서 오세요, 맛있게 드세요, 같은 인사도 안 했다. 그래서 지해도 안 했는데 아무런 잔소리를 듣지 않았다.


글쓰기는 매일 반복해도 나아지고 있는지, 나아가고 있는지 실감할 수가 없었다. 문장들은 손안에 그러모아지지 않았다. 찰기 없이 흩어졌고 누구 한 사람도, 지해 자신조차도 배 불리지 못했다.

반면 아름다운 김밥과 그렇지 않은 김밥은 차이가 명확했다.

손에 적당히 힘을 주어 단단하게 마는 게 중요하다. 힘이 너무 세면 옆구리가 터지고, 약하면 흐물흐물 풀어진다. 김 위에 밥을 고르게 깔고, 색색의 재료들을 가지런히 놓는다. 단단하게 만 김밥에 참기름을 발라 윤기를 더하고, 일정한 두께로 가지런히 썰어 통깨를 톡톡.

뭔가가 선명하게 만져진다는 것.

자신의 손을 거쳐 몸을 가진 무엇이 만들어진다는 게 서서히 기뻤다.

하면 할수록 조금씩 더 잘하고 싶어졌다. 그건 조금씩 자신을 갉아먹는 종류의 열망이 아니었다. 그저 매일 반복하면서, 미세하게 나아지고 있다는 느낌이 소중했다.

김밥집에서 일하면서 지해는 일상의 리듬을 조금씩 회복했다. 지해의 생활반경은 작은 삼각형을 그렸다. 집, 일터, 도서관, 다시 집. 그렇게 하루하루 반복하면서 조금씩 글도 다시 쓸 수 있게 되었다. 그러니까 김밥 덕분에.

시간이 흘러 김밥집 사장님이 딸이 있는 미국으로 아예 간다며 가게를 정리한다고 말했을 때, 지해는 자신이 생각보다 괜찮다는 걸, 제대로 만든 김밥처럼 아주 조금은 단단해졌다는 걸 알았다.

*

　초인종을 눌렀지만 아무런 응답이 없었다. 엄마는 가게
에 있는 모양이었다.

　집에 오는 게 몇년 만인가 싶었다. 가게에는 종종 들렀
지만, 집에는 잘 안 왔다. 그대로 눌러앉고 싶어질까봐 그
랬는지도 몰랐다.

　안으로 들어서자 난데없이 젖은 흙냄새가 났다. 비 온
다음 날 숲의 냄새 같은 것. 거실은 마치 정글 같았다. 베
란다를 꽉 채우고도 남은 화분들이 거실까지 밀려나와 있
었는데 어떤 식물은 키가 천장에 닿았다. 손바닥보다 작
은 다육 화분들도 계단식 선반에 오종종 모여 있었다.

　지해는 소파에 걸터앉아 집 안을 둘러보았다. 식물로
포화상태인 거실만 빼면 특별히 달라진 것은 없었다. 잡
동사니로 복잡한 커피 테이블 위에, 연녹색 표지의 스프
링 노트 하나가 보였다. 지해는 그것을 손에 들고 펼쳐보
았다.

4.10.

방울토마토와 쌈채소 심었다. 상추, 깻잎, 청경채, 케일.

새싹 돋아난 지 며칠 되었다. 씨앗 껍질을 모자처럼 삐뚜름 쓰고 있어서 귀엽다.

청경채랑 케일 새싹은 클로버마냥 생겼다.


시장 가서 모종 사기: 오이, 고추.


4.12.

시장 가서 오이, 고추, 파프리카, 찔레꽃,

냉이, 쑥, 부추 삼.


도다리 쑥국:

도다리 3마리

쑥 120g

된장 3큰술

청양고추, 대파, 다진마늘, 다시육수.

1. 도다리 손질 토막

2. 다시마 빼고 한소끔

       ⋮


4.20.

방울토마토 한차례 꽃. 다음 꽃봉오리도 준비 중.

오이 겨드랑이에서 새잎 돋음.


**그런 식으로 텃밭일지에 가까운 메모가 이어지다가,**


4.24.

통통이 죽었다. 시든 것도 아니고 녹았다.

흙도 바꿔주고 영양제도 줬는데. 아무것도 하지 않는
게 나았을까?

쩔쭘이도 흐물흐물한 느낌.


**식물일지를 쓰고 있구나, 생각했는데 갑자기 곰돌이 이
야기가 나왔다.**

4.26.

곰돌이가 요즘 안 나타난다.

저번에 뒷다리에 상처가 깊었는데 별일 없겠지.


길고양이 이야기인 것 같았다.

그리고 갑자기 오늘의 지출 내역.

임영웅 콘서트 날짜와 장소.

그리고 지해 이야기.


4.30.

지해랑 통화하다가 지해가 화났다. 내 잘못.


엄마도 이런 걸 쓰고 있었구나.

뭐라고 이름 붙일 수 없는 것을.

그리고 엄마는 여전히 이렇게 사랑하는구나, 생각했다.

살아 숨 쉬는 것들을. 여전히 이렇게, 깊이.

또랑이를 잃고 오랫동안 슬퍼하던 엄마가 떠올랐다.

또랑이는 지해가 어린 시절 집에서 키우던 강아지였다. 눈빛이 또랑또랑해서 또랑이였다. 또랑이는 지해의 형제 같았다. 가끔은 정말로 사람이 아닐까 싶을 정도였다. 지해와 같은 베개를 베고 잤고 식탁에서 함께 밥을 먹으려 들었다. 엄마는 또랑이가 자신보다 지해를 더 좋아한다며 질투했다.

참 이상한 일이었다. 지해도 또랑이를 사랑하긴 했지만, 엄마가 또랑이를 사랑하는 만큼 사랑하지는 않았다. 그랬는데도 또랑이는 이상하게 자꾸 지해만 따라다녔다.

엄마가 어느 날 또랑이를 쓰다듬으며 지해에게 했던 얘기가 있었다. 엄마는 항상 강아지를 키우고 싶어했는데, 아빠가 싫어해서 참았다고.

결혼하기 전 엄마는 전문대에서 유아교육을 전공해 유치원 교사로 일하고 있었다. 4년제 대학교에서 독문학을 전공하던 아빠는 독일로 유학 가서 공부를 더 하고 싶어했다. 학비를 전액 지원받기로 했다며 엄마에게 결혼해 함께 독일에 가 살자고 설득했다. 엄마도 어쩌면 어렸을 때부터 해보고 싶었던 미술 공부를 한번 해볼 수 있지 않을까 생각했다.

그렇게 둘은 결혼식을 올린 후 독일로 갔다. 아빠는 곧장 대학원에 진학했다. 이미 독일어를 어느 정도 했기 때문에 큰 문제가 없었다. 문제는 엄마였다. 아직 짐을 다 풀기도 전에 엄마는 자신이 지해를 임신했다는 사실을 알았다. 엄마는 지해를 낳고 돌보느라 미술 공부는커녕 열심히 외워온 독일어 인사말조차 몇번 써보지 못했다. 그러는 동안 엄마에게는 아빠 외에 의지할 데가 없었는데, 아빠는 별로 의지가 되지 않았다.

지해가 네살 때 엄마는 외할머니의 임종을 지키기 위해 한국에 돌아왔다. 그리고 다시 독일로 돌아가지 않았다.

엄마는 외국 드라마에 나오는 것처럼 이혼한 사람들끼리도 서로의 앞날을 축복하며 사이좋게 지낼 수 있다고 믿었다. 아빠가 재혼한 이듬해, 열두살이었던 지해는 아빠를 보러 독일에 갔었다. 아빠의 새 아내 리디아는 밤색 머리카락을 가진 아름다운 사람이었고, 임신해서 배가 남산

만큼 불러 있었다. 근사한 마당이 있는 집에는 잘생긴 보더콜리도 한마리 있었다.

그때 지해는, 아빠가 엄마를 위해 개를 키우려고 해보지도 않은 건 엄마를 충분히 사랑하지 않아서였다는 것을 깨달았다. 지해는 그때 본 것을 엄마에게 얘기하지 않았다.

한국으로 돌아가는 지해에게, 아빠는 언제든지 다시 돌아와도 좋다고 했다. 여기서 공부하면 학비 걱정도 없고, 한국에서보다 훨씬 더 좋은 교육을 받을 수 있을 거라고. 하지만 아이가 태어나자 상황은 많이 달라졌다. 아빠의 연락은 뜸해졌고, 일년에 한두번 정도 영상통화를 할 때도 아빠는 빈말로나마 한번 더 놀러 오라는 말을 하지 않았다.

아빠가 그립지도 궁금하지도 않게 되었을 무렵, 세월호 참사가 일어나고 며칠 뒤 아빠에게서 오랜만에 전화가 왔다. 뉴스를 보고 지해가 그 학교 근처 어디쯤 산다는 걸 떠올렸다면서. 지해는 자신이 이미 열아홉이며, 그 학교 학생이 아니라고 말했다. 아빠는 정말 다행이라고 말했다.

네가 아니어서. 그런 일이 너한테 일어나지 않아서.

지해는 대꾸 없이 전화를 끊어버렸고, 그뒤로 아빠와 다시는 통화하지 않았다.


또랑이는 나이가 들 만큼 들어서 병을 얻었다. 엄마는 또랑이를 어떻게든 살려보려고 애썼다.

엄마, 계속 그러면 또랑이가 더 힘들어, 하고 의젓하게 말한 건 아직 중학생이었던 지해였다. 엄마는 결국 치료를 중단하고 또랑이의 안락사를 결정했다.

엄마는 쉽게 회복하지 못했다. 자주 무기력하게 침대나 소파에 누워 있었다. 지해는 그렇게나 오랫동안 기운을 차리지 못하는 엄마가 잘 이해되지 않았다. 이유를 알 수 없이 불안하기도 했다.

결국 지해는 어느 날 엄마에게 물었다.

엄마, 내가 죽어도 그렇게 슬퍼할 거야?

엄마는 애가 지금 무슨 소리를 하나 싶은 표정으로 지해를 잠시 쳐다보았다. 그러고는 몸을 일으키더니, 지해를 꼭 끌어안았다. 곧 터뜨리고 말 것처럼, 아주 꼭.

또랑이가 떠난 게 지금이었다면 나도 엄마를 더할 수 없이 꼭 안아주었을 텐데. 지해는 생각했다. 엄마는 나보다 더 많은 이들을 떠나보냈겠지. 엄마의 엄마를, 아빠를, 남편을. 그러고도 내가 모르는 무수한 이별이 더 있었겠지.

지해는 한때 이별도 겪으면 겪을수록 익숙해지는 걸까 생각했다. 헤어지지 않기 위해 그 누구도 사랑하지 않을 거라 결심한 적도 있었다.

지해는 때때로, 그때 아빠의 말을 듣고 독일로 갔다면, 그 문을 열었다면 삶이 어떻게 달라졌을지 궁금하기도 했다. 하지만 그렇게 하지 않은 것을, 엄마와 살기로 선택한 것을, 단 한번도 후회하지 않았다.

\*

엄마에게 문자를 보냈다. 지금 집에 와 있다고. 삼십분쯤 지나 엄마가 허둥지둥 집 안으로 들어왔다. 왔으면 빨리 전화를 하지, 엄마가 말했다.

저녁 뭐 먹을래?

가야지. 늦었어.

엄마는 금세 서운한 얼굴이 되었다.

가긴 왜 가. 저녁 먹고 가.

한시간 넘게 걸려.

지해가 말하자 엄마가 차로 데려다주겠다고 했다. 그리고 가는 김에 화분도 하나 가져가라고 했다. 이것 좀 봐봐, 엄마가 수많은 화분 중 하나를 가리켰다.

곡선으로 구불구불하게 생긴, 열대식물처럼 커다란 잎이 달린 줄기가 세가닥 정도 유선형으로 뻗어 있었다. 그줄기들이 한데 모이는 곳에, 여린 연둣빛으로 돌돌 말린 잎이 하나 있었다.

이제 곧 새잎이 펼쳐질 거야.

이게 뭔데.

호프셀렘.

너무 커.

차로 가는데 뭘.

진짜 데려다줄 거야?

그럼.

지해는 '호프셸렘'이라는 그 식물의 잎 하나를 가만히 만져보았다. 부드러울 것 같았는데 생각보다 탄탄했다. 지해가 말했다.

엄마, 그럼 우리 초밥 먹자.

초밥?

응. 우리집 근처에 초밥집 있는데, 저번에 생일날 엄마가 준 돈으로 자람이랑 갔었어. 거기 가자, 이따가.

그래, 대답하며 엄마가 웃었다.

좋아하는 텀블러를 잃어버렸다.

언제 어디서 어떻게였는지 조금도 기억나지 않는다.

그냥 문득 어디에도 없었다.

올해 들어서만 우산을 두개나 잃어버렸다.

잃어버릴 것 같은 예감으로 시작한 것들을 대부분 잃어버렸다.

전혀 잃어버릴 것 같지 않았던 그 어떤 것들도 역시.

늘 잃어버리는데도 좀처럼 익숙해질 수 없다.

그리 슬프지는 않은 것 같지만, 막상 슬픔이 아니라고 할 수도 없다.

그러고 보면 지금 내가 가진 그 어떤 것도 완전히 내 것이라는 확신은 갖지 말아야 할 일.

그런 확신은 줄곧 너무나도 쉽게 무너져왔으니.


잠시 맡아두는 거라고 생각하자.

망가뜨리지 않고, 흔적을 남기지 않고, 애착을 갖지 않고,

빌려온 물건을 다루듯이 조심스럽게,

내게 왔던 그때 모습 그대로.

그게 언제든 미련 없이 떠나보낼 수 있게.


하지만 그럴 바엔 차라리 아무것도 갖지 않는 게 나을 테지.

그래서 가끔은 내가 가진 것들 모두에 내 이름을 새겨넣고 싶다.

아프게 하거나 망가뜨리고 싶다.

내게 왔던 것들은 그 어떤 것도 예전과 같지 않게 하고 싶다.

하지만 생각뿐이다. 그 또한 부질없음을 아는 까닭.


스물두번의 일년을 잃어버렸다.

그렇게 생각하지 않으려 해도 조금은 그렇다는 느낌이다.

어차피 가질 수 없었다는 느낌이다.

이런 생각은 내 젊음에 어울리지 않는다.

그러니까 이런 식으로, 내 젊음을 잃어버리고 있다는 느낌이다.

그럼에도 불구하고 나는 충분히 살아 있다.

그건 어쩌면 내가——잃어버린 것들로 살아가는 것이 아닌

까닭.

잃어버릴 것들이 여전히 내게는 많은 까닭.

7 자
람

그날 강릉에서 돌아온 자람은 집으로 돌아가지 않았다.

공유 숙박 앱을 이용해 테크노밸리 근처에 있는 오피스텔을 일주일간 빌렸다. 일주일치 숙박비가 웬만한 원룸 월세 뺨쳤지만 못할 게 뭐야, 생각했다.

이동장, 화장실과 모래, 사료와 츄르 간식, 밥그릇, 물그릇, 장난감 낚싯대와 쥐 인형을 샀다. 해삼과 멍게가 부잣집에 입양됐다고 생각할지도 몰라서, 자람은 둘을 앉혀놓고 단단히 일러주었다.

여기 사는 건 일주일만이야. 잠시 여행 온 거라고 생각해.

누군가 자람에게 이제껏 살면서 가장 용감했던 때가 언제였냐고 묻는다면 자람은 망설임 없이 대답할 것이다. 지금. 바로 지금이라고.

엄마에게 전화해 아버지가 없는 시간을 확인했다. 집에 들러 노트북과 옷가지 등을 챙겼다. 할머니의 나무 경대와 요강도 챙겼다. 엄마는 그걸 왜 가지고 가냐고 묻긴 했지만, 자람을 말리지는 않았다.

생활비는 보낼 거지?

엄마가 물었다. 자람은 대답 대신 현관문을 닫아버렸다.

이렇게 쉬울 일인가.

자람은 홀가분한 동시에 허무했다.

오피스텔에서 지내면서 레슨을 다니는 틈틈이 방을 보러 다녔다. 그러다 오래전 지해와 함께 다니던 초등학교 근처, 마당에 목련나무 한그루가 있는 어느 2층 주택에 가보게 되었다. 1층에는 집주인 노부부가 살았고 2층에 세를 놓은 것이었다.

방 하나에 부엌이 따로 있는 1.5룸이었다. 내부가 전부

목조로 된 낡은 집이었고, 창문은 모두 홑창이어서 바람이 불면 건물 전체에서 삐걱삐걱하는 소리가 났다. 하지만 옥상에 올라가면 수원천이 한눈에 들어왔고, 반대편으로는 자람이 다니던 초등학교 운동장이 내려다보였다. 시끄러울 것도, 추울 것도 분명했지만 자람은 그곳이 마음에 들었다.

민서의 집만큼 좋은 곳은 아니었어도 비싼 오피스텔에 일주일 동안 살아본 셈인데 자람은 도무지 그곳에 정을 붙일 수 없었다. 모든 게 빌트인으로 설치된 깔끔하고 매끄러운 내부보다는, 누군가 살았던 세월이 켜켜이 쌓여 있는 듯한 이곳이 자람은 훨씬 더 좋았다.


이사 후 자람이 가장 먼저 구입한 것은 숨숨집이 포함된 캣타워. 초등학교 운동장이 내려다보이는 창문 쪽에 캣타워를 설치했다. 그리고 자람이 쓸 매트리스와 삼각 쿠션을 하나 샀고, 고양이들 것으로는 말랑말랑하고 푹신한 마약 방석을 샀다. 위시리스트에 담아두었던 원목 침대나 귀여운 소파는 조금 천천히 사도 될 것이었다.

아직 너무 어려서인지 고양이들은 십오만원짜리 캣타워보다 할머니의 요강에 들어가 있는 걸 더 좋아했다. 고양이들이 숨숨집에 얼른 적응하기를 바라는 마음으로, 자람은 리시안셔스와 유칼립투스 조화를 사서 요강에다 꽂았다. 요즘 조화는 가짜인지 알아채지 못할 만큼 잘 만들어졌다고 생각하면서.

하지만 요강은 진짜였다.

그건 할머니의 일부이자 자람의 일부, 두 사람이 한때 생생히 살아 있었고 뜨겁게 사랑했다는 증표였다.


똑같은 날 태어나 똑같은 시간을 먹고 자랐을 텐데 멍게와 해삼은 생긴 것도 성격도 정반대였다.

멍게는 자람의 작명대로 좀 멍한 편이고 느긋했다. 해삼은 희대의 사냥꾼이자 겁쟁이였다. 한걸음 내디딜 때마다 달려와서 자람의 엄지발가락을 사냥했지만, 현관 밖에서 작은 소리만 나도 펄쩍 뛰며 소파 밑으로 들어가버렸다. 해삼이 간혹 아얏, 소리가 절로 나오도록 꽉 깨물거나 손등과 팔에 살짝 피가 맺힐 정도로 발톱자국을 남겨도 자람은 조금도 화가 나지 않았다.

쿠션에 몸을 기대고 앉아 해삼, 하고 부르자 해삼은 방석 위에서 귀찮은 듯 귀만 펄럭거렸다. 멍게, 하고 부르자 멍게가 기지개를 켜며 자람 쪽으로 다가왔다. 자람의 발목에 잠시 머리를 문지르고는 이내 자람의 품으로 파고들었다. 골골대는 소리를 내면서 자람의 뱃살에 대고 한참 동안 꾹꾹이를 했다. 자람은 멍게의 부드러운 등을 가만히 쓰다듬었다.

평화롭다.

그 단어를 태어나 처음으로 배운 것 같았다.

*

메신저 프로필을 멍게와 해삼의 사진으로 바꾸고 난 다음 날, 민서에게서 메시지가 왔다.

고양이 보러 가고 싶어요.

삼주 만이었다. 강릉에서 돌아오고 며칠 후, 민서는 당분간 레슨을 좀 쉬어야겠다고 연락했다. 이유를 말해줄 수 있냐고 하자 다시 만나게 되면 꼭 알려주겠다고만 했다.

그런 약속이 지켜질 리 없었다. 잠시 쉰다며 그만둔 사람들 중 다시 돌아온 사람은 한명도 없었다.

어떻게 된 일인지 민서는 인스타그램 계정도 닫아버렸다. 무슨 일이 있는 걸까 걱정도 되었지만 이내 민서가 했던 말을 기억했다. 지루해진 거겠지.

자람은 가슴 한구석이 아렸지만 이내 체념했다. 언제나처럼 시간이 해결해줄 거라고 생각했다.

자람은 잠시 망설이다가 민서에게 집 주소를 알려주었다. 민서는 이 방을 어떻게 느낄까. 초라하고, 볼품없다고 생각할까. 아니면 신기하고 낯설다고 생각할까. 민서를 좋아했지만 민서가 어떤 사람인지, 어떤 삶을 살아왔는지에 대해서는 아무것도 몰랐다.

고양이를 보고 싶은 마음에 자람을 보고 싶은 마음이 아주 조금이라도 섞여 있다면, 민서가 찾아올 수도 있겠지. 그게 언제라도 말이다.

*

　민서가 방문하겠다고 다시 연락을 해온 건 그로부터 이
주일쯤 지난 뒤였다. 기뻤지만, 기대는 하지 않으려고 애
썼다. 머리를 다시 감거나 화장을 고치지도 않았다. 방 안
에서 고양이 오줌 냄새가 약간 나는 것도 같았지만, 그냥
두었다.

　약속한 시간에 도착한 민서는 두리번거리며 집 안으로
들어서더니, 집들이 선물이라며 자람에게 뭔가를 건넸다.
커다란 원통에 츄르 간식이 종류별로 백개쯤 들어 있었
다. 퍼지는 잘 있냐고 묻자 민서는 그렇다고 했다.

　당신은 잘 있었나요, 물어보고 싶었으나 어딘가 조금 퀭
한, 화장기 없는 민서의 얼굴을 보자 입이 떼어지지 않았
다. 민서는 고양이들의 얼굴 앞에 낚싯대를 흔들며 배시
시 웃었다. 다시 만나면 레슨을 그만둔 이유를 말해준다
고 했지만 듣지 않아도 괜찮을 것 같다는 생각이 들었다.

　그런데 민서가 먼저 말을 꺼냈다. 회사를 관뒀어요, 하고.

　그랬구나. 정신없었겠다.

자람의 말에 민서는 고개를 끄덕였다.

그렇기도 하고. 아니기도 해요.

자람은 물을 끓이고 목련차를 우렸다. 이삿날 1층 할머니가 이사를 축하한다며 주신 선물이었다. 마당에 떨어진 목련 꽃잎을 깨끗이 씻고 말려서 만드신 거라고 했다. 목련꽃을 차로 마신다는 것도, 차로 마시면 꽃이 주는 느낌과 꼭 닮은 그런 향이 난다는 것도 처음 알았다.

찻잔을 올린 쟁반을 사이에 두고 민서는 매트리스 가장자리에 걸터앉았고, 자람은 바닥에 무릎을 끌어안고 앉았다. 민서도 목련차는 처음 마셔본다며 신기해했다. 민서는 차를 한모금 호로록 마시더니, 이야기를 시작했다.


*


재작년 가을, 민서는 지금은 헤어진 애인과 인도네시아 발리에 있었다고 했다.

함께 가는 첫 해외여행이었다. 여름에 휴가를 가지 않고 모아둔 연차를 덧붙여 서로 날짜를 맞췄다. 해변과 맞

닿은 독채 풀빌라를 빌렸다. 그런데 도착할 무렵부터 빗방울이 떨어지기 시작하더니 이틀 내내 폭우가 쏟아졌다. 하려고 했던 것들이 모두 무용하게 느껴졌다. 꼼짝없이 숙소 안에 갇혀 있었지만 나쁘지는 않았다. 느긋하게 먹고 마시고 침대에 누워 빗소리를 들었다.

셋째날 아침, 커튼 새로 들이치는 햇살에 저절로 잠에서 깼다. 하늘은 맑게 개어 있었다. 침대에 누운 채 휴대폰을 들여다보던 애인이 갑자기 헐, 하는 소리를 냈다. 왜, 하고 민서가 묻자 애인이 민서 앞으로 휴대폰 화면을 내밀었다.

어젯밤에 이런 일이 있었다네.

민서는 기사를 들여다보았다. 핼러윈을 앞두고 어느 거리에 많은 인파가 몰려 압사 사고가 발생했다는 내용이었다. 몸 안의 피가 한꺼번에 빠져나가는 것 같았다.

애인에게 휴대폰을 돌려준 민서는 샤워실로 들어가 씻었다. 씻고 난 다음에는 미리 주문해둔 조식을 먹고 해변을 잠시 걸었다. 아무 일이 없었던 것처럼 행동하자 정말 그런 것 같았다.

숙소에 돌아가 풀에 들어가기로 했다. 하지만 애인은 먼저 수영복을 갈아입고도 파라솔 밑에 앉아 계속 휴대폰을 들여다보았다. 민서는 옷을 갈아입으려다 말고 침대에 드러누웠다. 휴대폰으로 포털에 접속하자 온갖 기사들이 쏟아졌다. 그리고 사진들이 있었다. 현장 사진이 아무렇게나 돌아다니고 있었다.

갑자기 숨을 쉴 수가 없었다.

코안으로 들어오는 숨이 너무 많게 느껴졌다. 감당할 수 없이 한꺼번에 밀려들어오는 느낌.

민서는 순간 숨 쉬는 방법을 완전히 잊어버렸다는 생각이 들었다.

어떡하지.

나 지금 이걸 다 들이마실 수가 없어.

순간 눈앞이 깜깜해졌고, 정신을 차려보니 병원이었다. 둘은 예정보다 빠르게 귀국했고 남은 휴가 기간 동안 집에서 쉬었다. 애인은 민서가 사고 소식을 접한 충격 때문에 쓰러졌다고 생각했기 때문에, 후속 기사를 보지 않도록 민서가 잠든 사이에 휴대폰을 어딘가에 숨겨두었다.

상황이 어떠냐고 민서가 물으면 좋지는 않네, 하고 대답했다. 휴대폰 없이 보낸 이틀 동안은 괜찮았지만 휴가가 끝난 후에도 계속 그렇게 지낼 수는 없었다.

뉴스는 자가증식하는 생물 같았다. 팔다리를 잘라도 계속 새롭게 자라나는. 언제 어디에서 민서를 덮쳐올지 몰랐다. 어느 유명인이 스스로 목숨을 끊었다고 했다. 누군가는 대낮에 행인들을 향해 무차별로 칼을 휘둘렀고, 누군가는 여자친구를 살해했다. 그런 이야기들이 커피를 마실 때, 밥을 먹을 때 스몰토크의 주제였다. 민서는 식단 관리 중이라며 점심식사를 혼자 하기 시작했다.


귀국 후 같은 증상이 두차례 더 반복된 후에 민서는 병원에 찾아갔다. 피 검사도 받았고 혈압도 재봤다. 모두 정상이었다. 내과 의사는 공황장애를 의심했다. 정신건강의학과에 가보라고 했다. 그곳에서도 민서의 증상이 공황장애 증상처럼 보인다고 했다.

원인을 파악하고, 가장 효율적인 방식을 고민한 후에, 문제를 해결한다. 시스템 관리자로 일하기 시작한 이래 민서는 늘 그런 식으로 사고했다.

이번에도 그렇게 해결하면 된다고 생각했다. 하지만 원인조차 좀처럼 가늠할 수가 없었다. 한산한 마트에서 장을 보다가 주저앉은 적도 있었고 오피스텔 지하 주차장에 한참을 쪼그려 앉아 있던 적도 있었다. 하지만 같은 장소, 같은 상황이어도 어떤 때는 아무 일도 없었다. 동료들과 밥을 먹다가, 떠들고 웃다가, 잠들기 전에, 갑자기 헉, 하고 숨이 막힐 때가 있었다.

누군가 곁에 있을 때 증상이 찾아오면 민서는 빈혈 또는 저혈압이라고 말했다. 병원에 가봤다는 둥 영양제를 먹고 있다는 둥 둘러대면 다들 그렇구나 했고 아무렇지 않게 넘어갔다.

회의 중에 한번 뛰쳐나간 것을 제외하고는 회사 사람들에게 들킨 적도 없었다. 민서는 점심에 먹은 것이 체해 먹은 것을 다 게웠다고 했고, 사람들은 민서의 창백한 안색을 보고 그 말을 믿었다.

문제를 해결하려고 애쓸수록 오히려 증상의 빈도가 높아졌다. 민서는 생각을 전환했다. 테스트를 한다고 생각하

자. 갑자기 시작되었듯 갑자기 끝나리라 기대하면서, 조금 덜 어렵게 지나갈 방법을 연구하자.

그리고 민서는 마침내 방법을 찾았다.

그건 바로 눈사람을 생각하는 것이었다.

자신이 녹아서 흘러내리고 있다고, 물에 가까운 무엇이 되어가고 있다고 생각하면 호흡이 서서히 편안해졌다.

*

민서는 대학을 졸업하자마자 개발자로 일을 시작했다가 업계의 강압적인 분위기를 견디기 어려워 반년 만에 퇴사했다. 그리고 휴식기 없이 곧바로 모 중견기업에 주니어 시스템 관리자로 입사했다. 그곳에서는 야근을 밥 먹듯이 했고 일년에 한두번 정도는 꼬박 이틀을 깨어 있어야 했다.

체력을 기르지 않으면 쓰러질 수도 있겠다 싶어 운동을 시작했다. 식사시간에는 음식을 씹으면서 새로운 코드를 공부했다. 그러다 이직 제안이 왔다. 학교 선배가 자신의 친구 세명과 의기투합해 차린 스타트업이었다. 몇년 만에 유니콘 기업이 되어 주식 상장을 앞두고 있다고 했다. 연봉도 괜찮았다. 야근 금지, 업무시간 외 연락 금지. 직급도 없고 승진도 없었다. 오로지 실적에 따라 연봉이 결정되었다.

막상 입사하고 보니 직급은 따로 없었지만 대신 네명의 공동대표와 나머지 사원들이라는 두개의 계급이 있는 것이었고, 개개인의 업무를 평가하는 것은 결국 대표들이었다. 분기별 업무 평가의 결과와 각자의 연봉이 연봉협상 후에 '투명하게' 공개되었다. 표면적으로 야근은 금지였지만 자율적인 야근은 말리지 않았으며, 실적을 위해서는 야근을 하는 것이 당연히 유리했다.

민서는 새벽 여섯시면 회사 건물 안에 있는 헬스장에 가서 운동을 했다. 샤워까지 마치는 데 딱 한시간 반이 걸렸다. 간헐적 단식을 했기 때문에 아침은 걸렀고, 출근시간 전까지 사내 카페에서 커피를 마시며 코딩 공부를 했다. 간혹 야근이 없는 날에는 집에서 인스타그램에 올릴 콘텐츠 구상을 하거나 영상 편집을 했다. 주말에는 친구들을 만나 유명하다는 맛집이나 카페에 갔고, 애인과 함께 캠핑을 가기도 했다.

그런 일상이 흐트러진 적은 없었고, 민서는 그게 자신을 지탱한다고 생각했다.

사람들은 민서에게 어떻게 하면 그런 몸매가 될 수 있는지 물었다. 어떻게 일과 연애, 운동, 공부, 취미활동까지 그 모든 걸 해낼 수 있냐고 했다.

하지만 민서도 몰랐다. 그냥 그렇게 살지 않으면 도태되거나 죽거나, 둘 중 하나일 것 같았으니까. 사람들이 정말 멋지다고, 자신도 그렇게 되고 싶다고 댓글을 남길 때마다 살아 있는 기분이 들었다. 잘하고 있다고, 계속 그렇게 하면 살아남을 수 있다고 응원하는 목소리 같았다.


여느 때처럼 퇴근을 앞두고 책상을 정리하고 있던 어느 날, 대표가 민서를 불렀다. 두 사람은 회의실로 들어갔다. 선배이자 대표인 그 사람이 물었다.

그, 병원을…… 좀 다녀요?

네?

그거, 우리 다 알아요.

들킨 적이 없다고 생각했기 때문에 민서는 당황했다. 실은 모두가 알고 있었구나. 모두가 알고 있다는 걸 나만 몰랐구나. 민서는 바보가 된 것 같았다.

아니, 그게 뭐 감출 일도 아니고. 요즘 정신과 안 다니는 사람 있나.

……대표님도 다니세요?

어…… 난 다닌다기보다 한두번 가봤죠, 예전에. 그래서 나는 다 이해를 하는데, 자꾸 얘기가 들려가지고 그래요. 누구는 민서씨가 탕비실에 이렇게 고개 파묻고 쭈그리고 한참 있는 거를 봤대. 그리고 어제 주민씨랑 엘리베이터에서도 또 그랬다면서요. 이게 뭔가 점점 자주 그러는 것 같아서.

민서는 머릿속이 복잡해졌다. 그래서 지금 나를 자르겠다는 건가? 좀 쉬다가 오라는 건가?

그렇다고 뭐 업무에 영향을 준 건 없잖아.

대표가 말했다.

오히려 일을 너무 많이 해서 걱정이죠. 그래서 나는 민서씨가 일을 너무 많이 해서 그런 게 아닌가 싶은 거야. 걱정되잖아요. 이제야 말하지만 자기 데려온 게 누구보다 멘털이 강하다, 자기관리 잘한다 생각해서였거든.

민서는 억지로 태연한 척하며 네, 네, 하고 고개를 주억거렸다.

평판이라는 게 무서워요. 한번 얘기가 나오기 시작하면 그게 내내 꼬리표처럼 따라붙는다고. 사람들이 나에 대해서 어떤 생각을 하나, 어떤 얘기들을 하나 그런 거에 신경을 좀 쓰긴 써야 돼요. 그것도 자기관리니까. 민서씨 입사하고 지금까지 안 좋은 얘기 들어본 적이 한번도 없었거든요. 근데 자꾸 그런 말이 들리니까.

민서는 이때부터 좀 멍해져서 대표가 하는 얘기가 정확하게 들리지 않았다. 연차도 그렇고…… 꽉 잡고 있는 것들을 좀…… 야근도 적당히 하고 운동도…… 과유불급…… 언제 맥주 한잔해요. 응?

민서는 자리로 돌아왔다. 자기도 모르게 이를 악물고 있었는지 턱이 아팠다. 잠시 멍하게 앉아 있다가 민서는 막 퇴근하려는 대표를 다시 붙잡았다.

그만두겠습니다.

그 말을 하는 순간 민서는 대표의 미간에, 입꼬리에 스쳐지나가는 안도감을 보았다.

그리고 민서는 깨달았다.

자신이 아주 오래전부터 그만두고 싶어하고 있었다는 걸. 일뿐만 아니라 어쩌면 모든 걸.

숨 쉬는 법을 헷갈렸던 데는 다 이유가 있었다는 걸.

*

회사를 그만두고, SNS도 그만두고, 굳이 하지 않아도 될 일들을 다 그만뒀어요. 그런 걸 빼고 나면 뭐가 남을까. 아무것도 없을까봐 무서웠는데, 있었어요.

다 있었어요, 하고 민서는 자신의 왼쪽 팔뚝을 쓰다듬으며 말했다.

여기를 이렇게, 계속 그었거든요. 오랫동안요. 흔적을 숨기기 어려워서 타투를 한 거예요.

민서의 말에 귀를 기울이던 자람은, 천천히 자리에서

일어나 바지 단추를 풀었다. 민서는 깜짝 놀라는 듯했지만 이내 자람의 허벅지에 남은 흉터를 보고는 희미하게 미소 지었다.

자람의 흉터는 가지런한 듯 무질서했고, 선 하나하나마다 농도가 달랐다. 밤하늘을 수놓았다가 사그라드는 불꽃 같기도 했고, 중력에 이끌려 쏟아져내리는 폭포수 같기도 했다.

민서는 자람의 흉터에 가만히 손을 얹었다.

따뜻한 손이었다.


두 사람은 늦게까지 오랫동안 이야기를 나누었다. 떠나는 민서를 배웅한 뒤, 자람은 집으로 들어가는 대신 옥상에 올라갔다. 천변 여기저기에 은은한 조명이 설치되어 있었고 사람들이 선선한 저녁 공기 속을 한가롭게 거닐고 있었다. 바람이 불자 버드나무들이 한꺼번에 부드럽게 흔들렸다. 마치 우아한 군무를 보는 것 같았다.

버드나무구나. 자람은 깨달았다.

내 흉터는 저 버드나무를 닮았구나.

직선도 곡선도 아닌 것.

단단하지만 유연한 것.

흔들리지만, 끊어지지 않는 것.


그렇게 생각하자 갑자기 아무것도 무섭지 않았다. 해삼과 멍게가 건강하게 살다가 눈을 감을 때까지. 그때까지는 무슨 일이 있어도 살아남을 거라고, 자람은 생각했다.

2018.08.10. 00:36

가끔씩 그때 그 거리가 생각난다.

너절한 몸을 이끌고, 이어폰을 꽂고 걷던 밤거리.

사람들은 술에 취해 흥청거리고, 그 길 끝엔 종종 비틀거리는 당신이 있었지.

유난히 밝았던 편의점 불빛이 생각난다. 편의점 앞 보도블록에 나란히 걸터앉아 있던 시간.

횡단보도의 불빛이 초록색으로, 빨간색으로 바뀔 때마다 오고 가던 수많은 사람들.

우리만 정지해 있는 것 같았어.

그런 기억들이 앙금처럼 남아서 불쑥불쑥 마음을 흐리게 한다.

지난밤엔 소주 한잔을 걸치고 알딸딸한 기분으로 공원까지 걸었다.

어떤 취기도, 어떤 밤공기도 그 시절과 같지는 않다.

밤하늘에 보름달이 손에 닿을 듯 커다랗게 떠 있었다.

삶이 너무나 많아서

그 무한한 가능성 무수한 갈래

순간 그런 것들이 무작정 두려웠다.

순간들이 내게 몸을 부딪치고 파르르 떨며 사라져간다.

그걸 바라보는 무력함. 무력한 행복감.

나는 너무 작다고 느꼈다.

나는 작지만 삶은 너무 크고 아름다워서 두려웠다.

어쩌면 나는 우주의 법칙을 오해하고 있었던 건지도 모르겠다.

이 광활한 우주에서 궤도가 겹치다니.

먼지 같은 나를 알고, 나의 시간을 살다니.


우주의 속도.

이 아름다움을 얼마나 감당할 수 있을까.

나는 조금 울고 싶은 것 같다.

8 나
래

미래가 떠나고 산불이 시작되었다.

텔레비전을 켤 때마다, 인터넷에 연결될 때마다 대한민국 어딘가가 불타고 있는 게 보였다. 내내 그냥 좀 멍했다.

나래는 호주에서 돌아온 후 곧바로 복학했고, 졸업한 다음 같은 학교의 석사과정에 지원해 합격했다. 이듬해 1학기를 시작한 지 얼마 되지 않아 미래의 장례를 치렀고, 그후 다시 학교로 돌아가 멀쩡히 학기를 마쳤다. 수업도 듣고 시험도 치렀을 텐데, 아무것도 기억나지 않았다.

그해 가을에는 호주가 불타기 시작했다. 저렇게 타다가는 호주 대륙 전체가 없어져버릴 것만 같았다. 미래와의 기억도 함께.

그러다 문득 온 세상이 다 타서 하나도 남김없이 사라져버리면 좋겠다는 생각이 들었다.

그러면 나도 없겠지.

그 생각을 하니 갑자기 편안한 기분이 들었다.


그리고 눈을 떴을 때는 병원에서 링거를 맞고 있었다. 나래는 수업을 마치고 자리에서 일어나다가 쓰러졌고, 3일 동안 계속 잠을 잤다고 했다. 어떻게 된 일인지 말을 하려고 해도 목소리가 밖으로 나오지 않았다.

퇴원한 후에 나래는 중도 휴학을 하고 부모님 집에서 지냈다. 예전에 자신이 쓰던 방 침대에 누운 채 소리 없이 울고, 조금 먹고, 자고, 깨고를 반복했다. 고장난 수도꼭지처럼 눈에서 눈물이 줄줄 새어나왔다.

자람이 자주 찾아와준 덕분에 아주 조금씩 나아졌다. 자람과 팔짱을 끼고 함께 집 근처를 산책하기도 했고, 예전에 다니던 중학교 운동장 스탠드에 앉아 운동하는 사람들을 구경하기도 했다. 자람 말로는 지해 역시 아무것도 하지 못하고 누워만 있다고 했다. 나래는 지해가 걱정되기는 했지만 자신을 추스르기에도 벅찼다.

그런데 며칠 후 어느 저녁에, 지해에게서 전화가 왔다. 나래는 지해가 자신이 말을 할 수 없는 상태라는 걸 알면서도 전화를 했다는 게 의아했다. 그래도 전화를 받았다. 받지 않으면 안 될 것 같았다.

지해는 한참 동안 말이 없었다. 낮은 숨소리만 새근새근 들려왔다. 그것만으로도 충분하다는 생각을 하고 있을 때쯤, 지해가 말했다.

……살아주면 안 될까. 내 소원이야.

나래는 힘을 내서 응, 하고 대답했다.

두달 만에 처음으로 낸 소리였다.

*

한때 자신이 푹 빠져 있던 세상이 아주 조그맣고 볼품 없다는 걸 깨달아갈 무렵, 나래의 대학 동기 중 몇몇이 워킹홀리데이라는 걸 떠났다. 3학년이 끝나갈 무렵의 어느

날 미래와 통화를 하다 갑자기 그 생각이 나서, 워킹홀리
데이를 한번 가보면 재미있을 것 같다고 얘기했다. 그러
고는 충동적으로 미래에게 호주에 같이 가지 않겠냐고 물
었다. 미래는 조금 놀란 기색이었지만, 곧 그러자고 했다.
지혜와 자람도 함께 가면 너무 재미있을 것 같지 않냐면
서. 하지만 지혜는 자취방을 구해 월세 보증금을 뺄 수 없
는 상황이었고, 자람은 과외 스케줄이 빼곡해서 함께 갈
수 없다고 했다.

나래는 오히려 기뻤다. 모든 것을 함께했던 예전처럼,
다시 미래와 단둘이 먹고 자고 수다 떨며 지낼 생각을 하
니 기분이 한껏 들떴다.


겨울방학에 휴학계를 내고 미래와 함께 호주로 떠났다.
처음에는 시드니 근처에서 청소 일을 잠시 했다. 한국 청
년 여덟명 정도가 방 네개짜리 숙소에 머무르며 주간, 야
간으로 나누어 일을 나가는 시스템이었다. 봉급은 주급으
로 나왔다.

또래들끼리 모여 일도 생활도 함께하니 매일이 와자지

껄했다. 당번을 정해 돌아가며 식사 준비와 설거지를 했다. 졸려 죽을 것 같은 날에도 맥주를 마시며 딱밤 내기로 포커를 쳤다. 누구는 페트병이 꽁초로 가득 차도록 담배를 피워댔고 누구는 열렬히 사랑에 빠졌다.

그때 나래는 미래가 담배 피우는 모습을 처음 봤다. 여자들 중에서는 미래만 유일하게 담배를 피웠는데, 나래는 테라스에서 길게 담배 연기를 내뿜고 있는 미래가 한없이 낯설게 느껴졌다.

미래는 사람들이 한국에 있을 때 어떤 삶을 살았는지, 어떻게 이곳에 오게 되었는지 듣는 걸 좋아했다. 대장 역할을 하던 오빠는 서른살로 비자를 일년 더 연장해 일하고 있었는데, 고등학교를 졸업한 후 내내 식품공장에서 일하다가 십년 만에 그만두고 이곳에 와 있다고 했다. 그때 청년들을 고용하고 있던 고용주 역시 워킹홀리데이를 왔다가 자리를 잡은 케이스였는데, 결혼해서 아이를 낳고 마당에 작은 수영장이 있는 집에서 살고 있었다. 오빠한텐 그가 롤모델이었고, 가능한 한 그의 신뢰를 얻어 이곳에 자리를 잡는 게 꿈이었다. 그 오빠와 사랑에 빠진 언니는 한국에서 어린이집 교사로 일했다고 했고, 스물여섯살이던 다른 오빠는 대학에 가지 않고 친구들과 술집을 차렸다가 망한 경험이 있었다. 동갑이었던 한 친구는 집안 형편이 좋지 않아 학자금도 벌고 세상 구경도 할 겸 와 있는 거라고 했다.

나래는 한국에 있었다면 절대로 궤도가 겹치지 않았을 것 같은 사람들끼리 이렇게 만나게 된 것이 그저 신기하기만 했다.


얼마 후 먼저 일을 그만두고 다른 곳으로 떠난 사람들로부터 어느 닭고기공장의 페이가 매우 좋다는 소식이 들려왔다. 둘은 차가 있던 다른 동료 하나와 함께 청소 일을 그만두고 그쪽으로 이동했다. 경쟁률이 꽤 높아 몇주 대기하다가 겨우 자리를 얻었는데, 정작 미래는 하루 만에 그 자리를 포기하고 말았다. 공장에서 나는 피비린내가 견디기 어렵다고 했다.

미래는 다른 사람들이 그 냄새를 어떻게 견디는지 알고 싶어했고, 왜 견뎌야 하는지 궁금해했다. 무슨 사연으로 여기까지 왔는지, 경험 삼아 온 건지, 돈을 벌러 온 건지 꼬치꼬치 캐물었다. 때로는 동의를 구하고 인터뷰 영상을 남기기도 했다. 나래는 미래가 그러는 게 조금 불만이었지만 겉으로 표현하지는 않았다.

미래는 공장보다는 농장에서 일하고 싶어했고, 나래는 미래를 배려해 함께 이동하기로 했다.

몇달간 일한 돈을 모아 중고차를 하나 살 수 있었다. 나래는 면허가 없었지만, 미래가 국제면허증을 준비해온 덕이었다. 파란색도 초록색도 아닌, 희끄무레하게 바랜 도요타를 이천 오백달러에 샀다.

미래가 운전하는 차를 타고 끝도 없는 이차선 도로를 달리던 기억. 대학에 입학한 뒤 느꼈던 자유로움은 그때 그 도로 위에서 느꼈던 것에 비하면 아무것도 아니었다.

하지만 미래는 계속 어딘지 모르게 불편해했다. 미래가 나래에게 그러했듯이 나래도 미래의 기분을 아주 가깝게 느낄 수가 있었다. 하지만 왜 그런지 그 이유까지는 알 수 없었다.

새로 일을 구한 멜버른 근교의 한 농장에서 체리 수확

을 하던 때였다.

미래와 나래 외에도 한국인 몇명과 일본, 브라질, 태국에서 온 사람들이 있었고, 밤이면 다 함께 카라반이 모여 있는 공터 한구석에 불을 피우고 앉아 마시멜로를 구워 먹거나 병맥주를 마시곤 했다. 누구는 기타를 쳤고 누구는 노래를 불렀다.

그날도 그렇게 흔들흔들 시간을 보내다가 하나둘씩 자신의 카라반으로 흩어지고 어느덧 미래와 나래만 남아 있었다. 캠핑 의자에 몸을 한껏 기댄 채로 밤하늘을 올려다보던 미래가 문득 말했다.

언니, 나는 지금 내가, 너무 가짜같이 느껴져.

그게 무슨 말이야?

미래는 잠시 생각하더니 대답했다.

노동을 하고 있는 건지, 놀이를 하고 있는 건지 모르겠다?

그걸 꼭 구분할 필요가 있나?

미래가 풋, 하는 소리를 내며 살짝 웃었다. 자신이 한 말을 비웃은 것 같아서 나래는 마음이 상했다.

언니, 내가 용돈은 따로 안 받았지만 나 전세 구할 때 엄마 아빠가 삼천만원 준 거 알아?

뭐 대충 그렇겠구나, 했지. 너한테 그런 목돈이 어디 있었겠어. 겨우 열아홉이었는데.

그거 받으면서 내가 엄마 아빠한테 갚는다고, 일해서 갚을 거라고 약속했거든. 그때부터 나름대로 열심히 살았는데, 나 지금 통장에 이백만원도 없어.

미래가 그렇게 말하고 웃었다.

근데 내가 엄마 아빠한테 그 돈 안 갚는다고 해도 나한테 아무 일도 안 일어나잖아. 그게 너무 이상해.

나래는 미래의 말이 이제껏 부모의 돈으로 편안하게 살아온 자신을 비난하는 것처럼 들렸다. 그러자 미래는 나래의 생각을 다 알고 있다는 듯 말했다.

언니, 언니를 비난하려고 하는 말이 아니야.

미래는 말했다.

그냥, 나는 가끔 너무 이상한 기분이 들어.


언니.

나는 가끔 어떤 순간이 너무 아름답다고 느끼면, 어떤 열망에 사로잡힐 때면, 모르는 얼굴들이 떠올라. 왜 나는 여기 있고, 누구는 없지? 그런 게 이상해. 나는 왜 살아 있지?

세상이 미쳐 날뛰는 것 같다가도, 근데 왜 이렇게 아름답지? 그런 생각이 들고. 웃다가도 갑자기 죄책감이 들고, 슬퍼할 만한 걸 슬퍼하다가도 나한테 그럴 자격이 없단 생각을 해.

그렇게 느낄 필요가 없다는 걸 나도 알아. 그래서 나는 그냥 내가 할 수 있는 걸 해야지, 싶다가도 내가 뭘 할 수 있지, 그런 생각으로 바뀌고. 내가 너무 먼지 같다가도 또 가끔은 우주만큼, 너무 커다랗게 느껴지는 거야.

그러다 아, 그 사람도 우주였는데. 그리고 또 누가 그 사람을 우주만큼 사랑했을 텐데. 그런 생각이…… 계속 꼬리에 꼬리를 무는 거야.

무슨 말인지…… 알겠어?


그때 나래는 모르겠다고 고개를 저었다.

너 조금 취한 것 같아, 그렇게 말했다.

들어가서 자자.

나래와 미래는 그렇게 했고, 그런 날들이 이어졌다. 예전처럼, 어렸을 때처럼 별거 아닌 일에도 함께 웃고, 또 울고 싶었는데, 어째서인지 매 순간 조금씩 어긋나고 있다는 느낌이었고, 그 간극을 앞으로도 영원히 메울 수 없을 것 같다는 예감이 들었다.


\*


지해의 전화를 받은 다음 날, 나래는 미래의 방에 들어가보았다. 미래가 혼자 살 때 쓰던 물건들이 정리되지 않은 채 박스째로 한구석에 쌓여 있었고, 미래가 독립하기 전에 쓰던 물건들은 원래의 자리에 먼지 덮인 채 그대로 있었다.

책장에는 둘이 나란히 엎드려 함께 읽곤 했던 과학잡지들이 고스란히 꽂혀 있었고, 미래가 좋아하던 영화 「화양연화」 포스터도 벽에 그대로 붙어 있었다.

나래는 미래의 짐을 조금씩 풀기 시작했다. 미래가 쓰

던 노트북과 외장하드가 나왔다. 나래는 자신이 모르는 시간 동안 미래가 뭘 좋아하고 싫어했는지, 어떤 책들을 읽었고 무엇에 시간을 쏟았는지 샅샅이 알아내고 싶었다. 미래의 모든 것을 재구성하고 싶었다.

미래의 노트북을 켜서 웹 브라우저를 열었을 때, 나래는 포털에 미래가 쓰던 아이디와 비밀번호가 그대로 저장되어 있다는 걸 알았다. 로그인을 하자 미래의 블로그가 있었다.

나래를 포함해 가족 중 누구도 미래가 오랜 시간 동안 블로그에 글을 써오고 있었다는 사실을 몰랐다. 첫 글은 2012년에 작성한 것이었으므로 미래가 열일곱살 때, 학교를 더는 다니지 않기 시작했던 그 무렵부터인 셈이었다.

미래의 블로그 이름은 '스푸트니크'였고 닉네임은 '라이카'였다. 초등학생 때, 우주소년단에서 인류 첫 인공위성 스푸트니크호에 실려 홀로 우주로 보내진 강아지 라이카에 대한 이야기를 듣고 미래가 분노했던 기억이 났다. 그때 미래는 라이카가 불쌍하다고 펑펑 울었다. 나래는 그게 그렇게 울 일인가 생각했었고.

왜 닉네임을 이렇게 정했지. 우주에 홀로 남겨진 것 같았나.

블로그의 글들은 모두 전체공개 상태였다. 누군가가 자신을 알았으면, 아주 깊이 알았으면 싶은 동시에 누구도 몰랐으면, 그 누구도 절대 몰랐으면 하는 그런 마음이었을까. 누군가 자신이 두고 간 시간을 읽어주기를 바란 것일까.

나래는 그때부터 반년 가까이 그 방에 머무르며 미래가 쓴 모든 글을 꼭꼭 씹어 삼키듯이 읽었다. 블로그에는 일기 외에도 우주 탐사에 관한 기사들을 스크랩해둔 카테고리가 있었는데, 나래는 그중 하나를 천천히 읽어내려갔다. 2006년에 지구를 떠난 '뉴 호라이즌스호'에 관한 기사였다.

기사에 따르면 뉴 호라이즌스호는 2007년 목성에서 스윙바이, 8년 5개월에 걸쳐 천천히 이동해 2015년 명왕성 최근점에 도착했다. 거기서 하트 모양의 지형을 촬영했고, NASA는 그 지형에 '스푸트니크 평원'이라는 이름을 붙였다. 미래가 기사를 스크랩한 2019년에는 명왕성 탐사를 마치고 근처 카이퍼 벨트를 탐사 중이었고, 2020년까지 모든 데이터를 전송한 뒤 잠시 휴식에 들어갔다가 다시 임무를 수행할 예정이었다. 2차 임무를 마친 후에는 계속 나아가다가 2029년에는 태양권을 벗어날 거라고 되어 있었다.

나래는 그 기사를 읽다 문득 생각했다.

어쩌면 내가 진심으로 알고 싶은 것은, 우주가 아니라 미래의 마음이 아닐까.

미래의 마음, 그리고 나의 마음.

사람의 마음.

느린 걸음이지만 언젠가는 최근점에 닿을 수 있을지도 몰라.


나래가 미래의 방에서 나올 무렵, 호주 산불이 그쳤다.

나래는 학교로 돌아가지 않고 다시 수능 공부에 매진했고, 의대에 들어갔다. 학업에 지칠 때면 뉴 호라이즌스호를 떠올렸다. 나래가 정신과 전문의가 될 때쯤엔, 모든 임무를 마친 뉴 호라이즌스호도 비로소 태양권을 벗어날 것이었다. 홀가분하게 자신만의 속도로 나아가면서, 그 누구도 보지 못한 것들을 보겠지.

*

재원이 뒤척이며 옆으로 돌아눕더니 코골이를 멈추었다. 그러나 나래는 잠들기를 포기하고 조용히 침대에서 일어났다. 땅에 발을 딛자마자 잠시 잊었던 통증이 다시 밀려왔다.

새벽 두시.

나래는 거실로 나가 커튼을 걷고, 도시의 밤 풍경을 내려다보았다. 소란하던 세상이 어둠을 덮고 곤히 잠들어 있는 것 같았다. 나래는 문득 불이 꺼져 있지 않은 창문들을 헤아려보았다. 왜 누구는 지금 깨어 있고, 누구는 잠들어 있을까.

미래야. 나는 네가 했던 말이 무엇인지 이제 조금 알 것 같아.

언니, 하고 부르던 목소리. 읊조리듯 조곤조곤 이야기하곤 했던 그 목소리를 아직 잊지 않아서 다행이라고 생각했다.

고요함 속에서 나래는 발톱 끝의 욱신거림이 아주 조그

만 심장박동처럼 느껴진다는 걸 알았다.

앞으로 얼마나 더 많은 밤들을 이렇게 깨어 있게 될까. 그러나 그 밤들이 아주 고통스럽지만은 않을 거라는 걸, 나래는 알았다.


잠이 안 와?

재원이 등 뒤에서 잠긴 목소리로 물었다. 그 다정한 목소리를 듣자 나래는 갑자기 눈물이 났다. 나래가 울자, 재원이 다가와 나래를 꼭 끌어안았다. 그러다 재원도 갑자기 울었다. 그런 재원 때문에 나래는 울면서 웃어버렸다.

누군가와 동시에 웃거나 울 수 있다는 게 얼마나 기적 같은 일인지.

나래는 알았다.

누군가를 사랑할 때 우리는 서로의 인력에 단단하게 붙들려버린다는 것을. 우주가 팽창하고 제멋대로 멀어지는 동안 우리는 서로를 애써, 힘껏, 끌어당기고 있다는 것을.

내가 여기 이렇게 있다는 건 말이 안 된다.

그것이 무척 재미있어서 웃는다.

처음 보는 것들과 익숙한 것들이 놀랍게 뒤섞인 채로 내게 순
간을 선사한다.

나는 내가 아무것도 아니라고 느낀다.

사실 아주 예전부터 그것을 알고 있었다.

그리고 앞으로도 내게는 그것을 더 확실히 알아갈 일밖에는
남아 있지 않은 것 같다.

그러면서도 내가 삶을 이리도 아름답게 느낀다는 것은 모순
일까.

대단한 모험보다는 소소한 위험들을 함께하면서 그 떨림을 공
유할 수 있는 사람을 갖고 싶다.

겁낼 줄도 알고 용기 낼 줄도 아는 사람을.

돌아볼 줄도 알고 내다볼 줄도 아는 사람을.

9 지
해

지해는 요즘 눈을 뜨면 호프셀렘 화분부터 들여다봤다.

돌돌 말린 잎새가 조금씩 몸을 풀더니 며칠 만에 잎을 활짝 펼쳤다. 식물이 자라는 속도는 느리다고 생각했는데 아니었다. 몇 시간만 지나도 잎이 조금씩, 조금씩 더 펼쳐져 있었다. 지해는 조심스럽게 그 잎을 만져보았다.

다른 무엇에서도 느껴본 적 없는 종류의 보드라움.

가벼운 차가움.

이미 돋아 있던 다른 잎들은 단단했다. 더 짙은 초록이고, 씩씩했다. 그리고 또 새로운 잎이 나오려 준비하고 있었다. 가만히 귀를 기울이면, 식물이 천천히 숨을 들이쉬고 내쉬는 소리가 들리는 듯했다. 사실 그건 지해의 호흡이었다.

지해는 엄마에게 전화를 걸었다.

엄마, 그때 그 잎이 벌써 다 펼쳐졌어.

그래? 예쁘지?

응. 그리고 뭐라고 하지⋯⋯

지해는 고민하다가 말했다.

장해.

엄마가 수화기 너머에서 큭큭 웃었다.

그치. 어떻게 이러나 싶지.

응. 나는 물 한번 준 거밖에 없는데.

엄마는 전화를 끊기 전에 우산을 챙기라고 했다. 장마가 시작될 거라고 했다.


지난번 도서관에서 만난 후로 용이씨와 이따금 이런저런 얘기를 나누었다. 용이씨가 대출하거나 반납할 책이 있을 땐 함께 도서관까지 나란히 걸어가기도 했다. 용이씨는 자기가 만든 가구 사진을 보여주며 언젠가 지해에게 근사한 책상을 하나 만들어주겠노라고 했다. 앉기만 하면 글이 술술 써지는 그런 책상을.

엄마 말대로 조금씩 비가 내리더니, 도서관에 가까워졌을 때쯤엔 빗줄기가 아주 굵어졌다.

오늘은 그네 할머니가 없겠구나, 생각하자 벌써 쓸쓸한 기분이 되었다. 지해는 우산을 받쳐든 채 횡단보도 앞에 신호를 기다리며 서 있었다.

그때 어디선가 와이셔츠 차림의 남자 하나가 뛰어왔다. 셔츠가 이미 다 젖어 있었다. 빨간불이기는 했지만 다니는 차도 거의 없었고, 무단횡단을 한다 해도 충분히 이해할 만한 폭우였는데도, 남자는 그저 손바닥으로 이마를 가리고 가만히 서 있을 뿐이었다.

지해는 자신도 모르게 남자 곁으로 다가가 우산을 씌워주었다. 남자는 깜짝 놀란 듯했지만 이내 지해의 눈이 아니라 눈을 살짝 비낀 어디쯤을 보며 감사합니다, 하고 꾸벅 인사했다.

잠시 그렇게 쏟아지는 빗속에, 모르는 사람과 한 우산을 쓰고 서 있었다. 신호가 바뀌고, 함께 횡단보도를 건너고, 잠시 그렇게 걸었다. 저는 여기입니다, 고맙습니다, 남자는 말하고 근처 건물로 뛰어들어갔다.

지해는 우산 속에 다시 혼자 남아 걸었다. 이건 나답지 않군, 생각하면서.

근데 그게 좋았다.

잠시나마 나답지 않을 수 있었던 것이.


집으로 돌아온 지해는 시간을 들여 꼼꼼히 손을 씻고, 금목서 향이 나는 핸드크림을 발랐다. 자람이 갑자기 택배로 보낸 것. 내 거 사면서 하나 더 샀어, 자람이 말했다.

금목서.

낯설고 다정한 발음.

언젠가 어떤 노래 가사에서 '금목서'라는 단어를 처음 만났던 것이 떠올랐다. 지해는 금목서가 어떻게 생겼는지 모르고, 실제로는 어떤 향기가 나는지도 몰랐다. 하지만 부러 찾아볼 생각도 없었다. 지해의 머릿속에는 지해가 상상한 금목서가 있고, 그걸로 충분하니까.

손을 아무리 깨끗하게 씻어도 마늘이나 생강 냄새, 꽃

향기가 한데 섞여 오묘한 냄새가 날 때가 있었는데, 그게 싫지만은 않았다.

지해는 가끔 자신의 손을 자신의 것이 아닌 것처럼 내려다보곤 했다. 그럴 때면 손은 순간 아주 낯선 것이 되었다가, 곧장 새삼스러운 실감과 함께 되돌아왔다.

식판에서 음식 찌꺼기를 씻어내는 손.

향기로운 핸드크림을 바른 손.

마늘을 다듬는 손.

서가를 더듬는 손.

키보드 위에서 머뭇거리는 손.

모든 손이 자신의 손이었다.

지해는 심호흡을 하고 책상 앞에 앉는다.

한문장만 나아가자,고 생각한다.

* 127쪽의 마지막 문장은 문정우 「아나키스트 반란의 조짐이 보인다」, 『시
사인』, 2011.04.21 마지막 문장에서 변형 인용했다.

**안부**

재작년 이맘때, 집 근처에서 한 고양이 가족을 만났다.

체구가 작은 고등어 무늬의 엄마 고양이가 손바닥만 한 새끼 고양이들과 함께였다. 새끼 두마리 중 한마리는 흰 털의 비중이 높은 고등어, 다른 한마리는 눈이 아주 동그란 턱시도였다. 나는 녀석들에게 여름 과일 이름을 붙여주었다. 엄마는 (복)숭아, 새끼들은 각각 살구와 자두(사실 동네에는 그밖에도 덩치 좋은 수박이와 빼빼 마른 오이도 산다).

우리 동네에는 캣맘이 꽤 많다. 걷다보면 쪼그려 앉아 자동차 밑을 들여다보거나 낚싯대를 휘두르고 있는 분들을 종종 마주친다. '이름은 하나인데 별명은 서너개' 하는 동요의 가사처럼, 고양이 친구들이 얼마나 다양한 이름으로 불리고 있을지 생각하면 웃음이 난다.

아무튼 그런 덕에 사료와 물은 꽤 풍족한 편이라 나는 이모나 고모 정도의 느낌으로 늘 가방에 두종류의 간식을 챙겨다닌다. 그러다 고양이를 마주치면 한번 먹어주시겠습니까, 하는 태도로 간식을 바친다. 한번은 살구가 츄르 한봉지를 깔끔히 비운 후에 갑자기 냥펀치를 날려 손가락에 피가 나기도 했다. 하지만 미운 마음이라고는 한톨도 생기지 않았다.

시간이 흘러 살구와 자두는 늠름한 청년 고양이가 되었다. 그런데 언제부턴가 살구만 보인다. 살구는 친구를 데려와 그늘 밑에 느긋하게 누워 있곤 한다. 숭아와 자두는 어디로 간 걸까. 더 맛있는 사료가 있다는 소문을 듣고 거주지를 옮긴 것이라고 멋대로 상상해본다.

가혹한 여름과 겨울을 지날 때마다, 세상 모든 길고양이들을 걱정한다.

이 더위에, 이 추위에. 괜찮을까.

부디 살아주면 좋겠다고 생각한다. 사료도 주지 않으면서, 데려다 보살필 용기도 없으면서 자꾸 그들에게로 향하는 마음을, 기만이라고 불러야 할까.


## 죽지는 마

밴드 '9와 숫자들'의 「죽지는 마」라는 곡을 끝없이 반복해서 듣다가, 오래 붙들고 있던 원고를 잠시 내려놓고 이 소설을 쓰기 시작했다. 지금이 아니면 너무 늦을지도 모른다는, 근거 없는 생각을 했다.


나는 그간 동시대이긴 하지만 정확히 특정할 수는 없는 시공간을 상상하며 소설을 써왔다. 소설은 르포르타주가 아니므로 실제로 일어나는 일들을 그대로 담을 필요는 없다는 생각에서였다. 하지만 이번만큼은 이야기의 시점과 배경을 2024년 지금의 대한민국으로, 인물들은 1996년생으로 특정했다. 현재 이십대 후반을 통과하고 있는 그들의 삶을 상상하자 지난 십여년간 이곳에서 벌어진 일들을 무엇도 비껴갈 수 없었다.

지금, 여기를 살아가는 청년들의 목소리를 조금이라도 소설에 담고 싶었다. 하지만 그렇게 시작한 이야기는 좀처럼 앞으로 나아가지 못했다. 그 이유는 두가지였는데 실은 하나의 두려움이었다. 함부로 상상하고 함부로 말하게 될까봐.

첫째로는 자살자나 자살 생존자의 목소리로 말하는 것이 두려웠다. 누군가의 상처를 덧나게 하는 일이 되지는 않을까, 납덩이를 삼킨 것처럼 내내 마음이 무거웠다. 소중한 사람에게 나의 괴로움을 털어놓자 그가 말했다. 두려워하고 염려하는 그 마음이 나를 도와줄 거라고.

문득 나는 내가 그동안 읽어온 소설들을 떠올렸다. 소설을 쓰는 사람은 소설을 통해 기꺼이 다른 누군가를 대신하여 말하고자 하며, 그건 결코 도달할 수 없는 이해를 향해 용기 있게 한걸음 내딛는 일이라는 것을, 그게 내가 소설을 읽고 쓰는 이유라는 것을 상기했다.

둘째로는 십대, 이십대 청년들의 마음과 생각에 관해 내가 무지하다는 생각이었다. 요즘 젊은 사람들이 무슨 생각을 하며 사는지, 무엇을 가장 힘들어하는지 짐작하지 못하겠어. 어느 날 내가 푸념하자 한 친구가 내게 툭 던지듯 말했다.

우리랑 뭐가 다를까?

그 말을 듣고 나는 내가 이십대를 통과하며 여기저기에 썼던 낙서에 가까운 글들을 전부 하나씩 다시 읽었다. 그리고 친구의 말이 틀리지 않았다는 생각을 했다. 다르지 않았다. 삼십대를 한창 통과하고 있는 현재의 나 역시, 끝없이 밀려오는 불안에서 조금도 자유롭지 못하다.

미래가 블로그에 쓴 글은, 실은 내가 이십대에 블로그에 썼던 글들에서 가져왔다. 내 글을 미래의 글로 여기자 미래를 생생히 살아 있던 한 사람으로 상상할 수 있었다. 그리고 생각했다. 이 소설에 등장하는 인물들, 지혜, 자람,

나래, 민서, 미래에게 나의 일부를 골고루 다 떼어주자고.

그러자 비로소 앞으로 나아갈 수 있었다.


쓰는 내내, 내게 누군가에게 살아달라고 요청할 만한 자격이 있는가를 회의했다. 삶이란 게 그럼에도 불구하고 살아볼 만한 것이라고, 내가 감히 말할 수 있을까. 그런 생각이 들 때마다 「죽지는 마」를 반복해 들었다. 노랫말이 나의 마음과 아주 같았다.

돌아보니 내가 지금 여기 살아 있는 건 결국 기댈 수 있는 이들의 존재 덕분이었다. 할 수만 있다면 내가 그런 안전기지가 되어주고 싶다는 마음. 이름도, 얼굴도 모르는 당신에게.

그게 가능하지 않다는 것을 알면서도, 이 소설이 미약하나마 어떤 인력이 되기를 바라며 썼다. 그 간절한 마음은 첫 문장부터 마지막 문장을 쓸 때까지 같았다.

## 숨탄것

몇년 전 우연히 '숨탄것'이라는 단어를 처음 접했다.

'숨을 받은 것'이라는 뜻으로, 여러 동물을 통틀어 이르는 말이자 넓게는 생명을 가진 모든 존재를 뜻하는 순우리말이다. 나는 이 단어가 매우 아름답다고 느꼈고, 언젠가 이것을 제목으로 소설을 쓰리라 다짐했다. 마침내 이 소설의 제목을 '숨탄것'이라고 정하고 작업을 시작했다. 내내 그 단어를 꼭 붙들고 썼다.

그러나 편집부 및 여러 지인들로부터 '숨탄것'이 현재는 사용하지 않는 옛말이다보니 독자들에게 생경하게 느껴질 수 있고, 첫인상이 무겁고 어두운 느낌이라는 피드백을 받았다. 결국 제목이 『미래의 자리』로 정해진 후에도 나는 한동안 미련을 놓지 못했다. 내가 소설을 통해 이야기하고자 하는 바가 '숨탄것'이라는 제목에 더 잘 담겨 있는 것 같았기 때문이다.

그러다 존경하는 한 선생님께 상담을 요청했다. 선생님은 내 고민을 가만히 들으시곤 이렇게 말씀하셨다. 독자들은 결코 내가 의도한 바대로 읽지 않으며, 동시에 내가 담고 싶었던 것 그 이상을 읽어내고 또한 이해한다고. 그 얘기를 듣는 순간, 모든 걱정이 사라졌다.

오윤 편집자님은 바삐 진행된 출간 과정 내내 사려 깊고 섬세하게 살펴주셨다. 여러 책과 음악에도 은혜를 입었다. 창작을 통해 서로를 도울 수 있다는 건 참 근사한 일이라는 생각을 다시 한번 했다. 무엇보다 사랑하는 이들의 지혜로운 조언과 격려가 없었다면, 나는 짓눌린 마음을 일으키지 못한 채로 이 소설을 끝마치지 못했을지도 모르겠다.

모두 고맙습니다.

## 에필로그

마지막에 넣었다가 빼기를 반복했던 부분이 있다. 바로 지해가 쓰던 소설의 이어지는 내용이다.

지해의 소설 속 여자애는 어떤 오늘에 또다시 베란다 난간에 기대 아래를 내려다보다가, 단지 내 놀이터에서 누군가가 그네를 타고 있는 것을 본다.

여자애는 황급히 집 밖으로 뛰쳐나간다. 엘리베이터를 기다리지 못하고, 굴러떨어질 듯 계단을 뛰어내려가 놀이터 쪽으로 달려간다. 그네에 앉아 있는 사람의 실루엣이 점차 선명해진다. 자신과 또래로 보이는 여자애가 놀란 눈으로 돌아본다.

너였구나.

그들은 서로를 발견한다.

둘은 여기저기 다니면서 아름다운 것들을 잔뜩 보다가 어느 날 바닷가에 당도한다. 둘은 해변에 꼼짝 않고 앉아 파도의 규칙적인 리듬을 지켜본다. 두그루의 나무처럼 나란히 바람에 몸을 흔든다.

그리고 말한다.

세상에 우리 둘밖에 없는 것 같아.

내일의 얼굴을 몰라도 될 것 같아.

나는 오늘에 갇힌 그 여자애를 위해 뭔가 더 해주고 싶다고, 해야만 한다고 생각했다. 그러다 결국 내가 쓴 이 소설 전부가 그애를 위한 이야기였음을, 그래서 부연할 필요가 없다는 것을 깨달았다. 그리고 그애가 바로 이 소설에 등장하는 인물들 모두이자 내가 감히 계속 살아달라고 요청하고 있는, 지금 숨 쉬고 있는 모든 당신들의 총체라는 것도.

부디, 지금 누구도 완전히 혼자이지 않기를.
살아주기를.

2024년 늦여름
문진영

| 도움받은 책들 |

박형민 『자살, 차악의 선택』, 이학사 2010.

토머스 조이너 『왜 사람들은 자살하는가?』, 김재성 옮김, 황소자리 2012.

질 비알로스키 『너의 그림자를 읽다』, 김명진 옮김, 북폴리오 2012.

416세월호참사 작가기록단 『다시 봄이 올 거예요』, 창비 2016.

박김수진 『여자 사람 친구』, 씽크스마트 2020.

김진관 『호랑이 그림자를 한 고양이』, 생각의힘 2020.

김세연 『세 번째 이별의식』, 엑스북스 2022.

타일러 페더 『애도 클럽』, 박다솜 옮김, 문학동네 2022.

김현수 외 『가장 외로운 선택』, 북하우스 2022.

임민경 『자해를 하는 마음』, 아몬드 2022.

황웃는돌 『나는 자살 생존자입니다』, 문학동네 2023.

이소진 『증발하고 싶은 여자들』, 오월의봄 2023.

안예슬 『이렇게 누워만 있어도 괜찮을까』, 이매진 2023.

안온 『일인칭 가난』, 마티 2023.

유가영 『바람이 되어 살아낼게』, 다른 2023.

김초롱 『제가 참사 생존자인가요』, 아몬드 2023.

조경숙 『액세스가 거부되었습니다』, 휴머니스트 2023.

김인정 『고통 구경하는 사회』, 웨일북 2023.

경희대학교 인문학연구원 HK+통합의료인문학연구단 『호모 팬데미쿠스』, 모시는사람들 2023.

김현성 『자살하는 대한민국』, 사이드웨이 2024.

김관욱 외 『달라붙는 감정들』, 아몬드 2024.

| 도움받은 음악들 |

자우림 「샤이닝」, 'Ashes To Ashes', 2006.

생각의 여름 「활엽수」, '생각의 여름', 2009.

모브닝 「내가 사랑한 모든 것들은 나를 눈물짓게 할 테니까」, 2018.

짙은 「사라져가는 것들」, 2020.

9와 숫자들 「죽지는 마」, '토털리 블루', 2021.

잔나비 최정훈 「사랑을 사랑하게 될 때까지」, 2022.

나이트오프 「이 밤에 숨어요」, 2022.

나이트오프 「그러나 우리가 사랑으로」, 2023.

장들레 '장들레입니다', 2023.

장들레 「사라지지 않을 것 같아」, 2023.

장들레 「영원」, 2023.